서옥설

寓話小說

鼠獄說
〈서옥설: 재판 받는 쥐 이야기〉

찍은날·2014년 8월 28일
펴낸날·2014년 9월 2일

지은이·백호 임제
역주자·김관웅
펴낸이·임형오
발행처·나주임씨절도공파백호문중
편집·최지철
디자인·이선화
펴낸곳·미래문화사
등록번호·제1976-000013호
등록일자·1976년 10월 19일
주소·서울시 용산구 효창동 5-421 1F
전화·02-715-4507 / 713-6647
팩스·02-713-4805
전자우편·mirae715@hanmail.net
홈페이지·www.miraepub.co.kr

ⓒ 나주임씨절도공파백호문중 2014

ISBN 978-89-7299-429-9 03840

寓話小說

鼠獄說
서 옥 설

〈재판 받는 쥐 이야기〉

백호 임제 저 | 김관웅 역주

미래문화사

서 문
역자 작품 해설

김관웅金寬雄
(중국 연변대학교 교수)

　중국에는 '지인론세知人論世'라는 문학이론 범주가 있다. 이는 한 작품을 투철히 요해하려고 하면 반드시 그 작품을 쓴 사람과 그 사람이 살았던 세상을 알아야 한다는 뜻이다.

　임제林悌(1549~1587)는 절도사 임진의 아들로 전라도 나주에서 태어났다. 그가 창작활동을 시작했을 때는 조선왕조가 내우외환의 어렵고 혼란한 시기에 들어섰을 무렵이었다. 외부적으로 조선은 남왜북로南倭北虜의 협공 속에서 언제나 침략의 위협 앞에 노출되어 있었다. 특히 두만강 기슭과 압록강을 사이에 둔 요동에 웅거하고 있었던 건주여진을 비롯한 여러 여진부락이 1552년부터 자주 조선의 변방지방에 쳐들어오기 시작하였고, 1580년대에 들어서서 욱일승천의 기세로 그 세력을 확장하고 있었다. 그리하여 조선과 여진 사이에 세 차례 큰 전투가 벌어지기도 하였다. 또한 현해탄을 사이에 두고 일본 사무라이들의 침략 위험성도 날로 높아져갔다. 내부적으로는 조선 봉건사회의 기본모순인 양반 지

5

주계급과 농민 간의 적대적 갈등이 격화되었고, 봉건 통치배들은 더욱 타락하여 부화방탕浮華放蕩한 생활을 추구하면서 가렴주구를 더한층 강화한 결과 백성들의 삶은 도탄에 빠졌으며 조정은 당쟁이 날로 격화되어 갔다. 이로 인하여 조선조 사회의 경제·문화발전은 날로 침체되어가고 국방력은 날로 쇠퇴하니 국력은 극도로 약화될 수밖에 없었다.

이러한 사회 환경 속에서 임제는 1577년 알성시에 합격하여 홍양현감, 서도병마사, 북도병마사, 예조정랑을 겸 홍문관지제교 등 벼슬을 지내기도 했으나 거침없고 호방한 성격을 가진 그는 벼슬에 대한 선망과 매력, 흥미와 관심은 점점 멀어져 가고 환멸과 절망 그리고 울분과 실의가 가슴에 가득 찼다. 그래서였는지 그는 많은 일화를 남기기도 했다. 이를테면 서도병마사로 임명되어 임지로 부임하는 길에 중종 때의 명기 황진이의 무덤을 찾아가 시조 한수를 짓고 제사를 지냈다가 파직당한 일이나, 평양의 기생 한우寒雨와 주고받은 시조에 얽혀 있는 일화, 평양기생과 평양감사에 얽힌 로맨스도 유명하다. 이 밖에도 마흔 살을 채우지 못하고 세상을 떠나면서, 천자天子로 칭해보지도 못한 나라에 태어나 죽는 것은 서럽지 않으니 곡을 하지 말라고 했다는 마지막 유언 역시 인구에 회자되어 있다. 임제의 이러한 행동은 단순히 객기로 볼 것이 아니라, 당시의 아니꼬운 사회현실에 행동으로 저항한 것이 아닌가 한다. 이와 같이 호방하고 강직한 성격이 현실에 대한 불만과 비판정신과 정의감으로 나타나 임제로 하여금 조

선조 사회현실을 비판적 안목으로 보게 하였던 것이다. 이로부터 그의 문학적 주제, 사상적 경향이 뚜렷이 규정되기에 이른다.

임제의 주요한 문학 업적은 무엇보다 우수한 소설작품을 창작함으로써 조선 고대소설의 발전에 중요한 기여를 하였다는데 있다. 오늘까지 전하고 있는 그가 창작한 소설작품으로는《서옥설鼠獄說》,《화사花史》,《수성지愁城志》,《원생몽유록元生夢遊록》 등이 있다[1]. 물론 이 중에서《서옥설鼠獄說》을 임제의 작품으로 취급하

---

1) 조동일《한국문학통사》2, 지식산업사, 1992년, 제412 쪽을 참고하라.

지 않는 이들도 있기는 하지만[2] 또한 임제의 작품으로 인정하는 주장도 공존하고 있는 실정이다. 특히 한반도 이북의 각종 조선 문학사 관련 저서들이나 작품집들에서는 오래전부터 이상의 작품들이 임제의 작품으로 취급되어 왔고[3] 또한 중국의 조선—한국 문학연구 분야에서도《서옥설》을 비롯한 이상의 작품들을 모두 임제의 작품으로 취급해 오고 있는 실정이다.[4]

지금 본인이 소장하고 있는《서옥설》은 단 두 가지 판본뿐이다. 하나는 임명덕林明德이 편찬하고 (한국)국학자료원에서 1999년에 출간한《한국한문소설전집韓國漢文小說全集》6권에 수록되어있는《서옥설鼠獄說》과 (중국)민족출판사에서 1987년에 출간한《조선고전문학선집》8권에 수록되어있는《서옥설鼠獄說》이다. 이 두 판본은 많은 면에서는 비슷하지만 등장하는 동물들의 순서나 언어적 표현 면에서는 적잖은 차이점을 보이고 있다. 역자가 한글로 번역할 때 대본으로 삼은 판본은 전자임을 밝힌다.

임제의《서옥설》은 조선 때 쓰여진 우화소설 중에서 가장 우수한 작품이다.

소설은 간사한 늙은 쥐가 자기 족속을 거느리고 나라의 창고 벽을 뚫고 들어가 쌀을 훔쳐 먹다가 발각되어 재판을 받는 것으로부터 시작된다. 교활한 늙은 쥐는 재판관인 창고신(倉神)의 무

---

2) 이를테면 한국의 학자 차용주는《한국한문소설사》(아세아문화사, 2003년 판, 제346 쪽)에서 《서옥설》의 작자와 저작연대를 알 수 없는 무명씨의 작품으로 취급하였다.

3)《조선고대중세문학사》, 김일성종합대학, 1996년, 제184 쪽을 참고하라.

4) 韋旭昇《朝鮮文學史》北京大學出版社, 1986년, 제228쪽을 참고하라.

능함을 이용하여 무려 80여 종의 동식물에 자기의 죄과를 덮어씌운다. 작품은 마지막 부분에서 늙은 쥐가 상제에 의하여 처단되고 억울하게 갇혔던 수많은 날짐승과 길짐승들은 각각 자기들의 보금자리로 돌아가는 것으로 끝난다.

이 작품에서 자기 족속들을 이끌고 나라 창고의 벽을 뚫고 들어가 오랫동안 쌀을 훔쳐 먹어 국고가 공허해지게 만든 늙은 쥐는 당시 탐관오리들의 우화적 상징이다. 나라 창고의 쌀을 축내는 쥐들을 탐관오리에 빙자하여 풍자한 전통은 동양에서는 그 전통이 유구하다. 이를테면 《시경詩經·국풍國風·위풍魏風》에 나오는 〈큰쥐[碩鼠]〉나 당나라 말기의 시인 조업曹鄴(816~?)의 〈나라 창고의 쥐[官倉鼠]〉같은 중국 고전작품이 임제가 우화소설 《서옥설》을 창작할 때 큰 영향을 주었으리라는 점은 구태여 더 말할 나위가 없을 것이다.

우화소설 《서옥설》의 주제사상은 간사한 늙은 쥐와 같이 나라의 재산을 탕진하고도 오히려 자신의 죄과를 남에게 들씌워 무고한 사람들을 억울하게 고통 받게하는 당대의 탐관오리들의 죄행을 드러내고 더 나아가 조선조 전체 관료사회의 부패상을 까밝히는 데 있다.

임제는 이러한 주제사상을 천착함에 있어 우화소설의 고유한 의인화적 수법과 풍자적 수법을 훌륭하게 구사하였다.

소설은 간사한 늙은 쥐에 대한 재판이라는 사건을 끌고 나가면서 복사꽃, 수양버들, 봉황새, 공작새, 기린, 사자 등을 하나하나

순차적으로 등장시키는 방법으로 무려 80여 종의 동식물들을 의인화함으로써 방대한 우화세계를 펼쳐 보이고 있다. 작품은 바로 이러한 우화적 형상의 세계를 통하여 늙은 쥐의 간사하고 교활한 성격을 더욱 심화시켜 드러내 보이고 있는 동시에 당시 조선조 사회의 각이한 계층과 인간들의 생활 처지와 성격적 특질을 생생하게 보여주고 있다.

또한 이 소설이 다른 우화소설과 다른 점은 이러한 의인화적 수법이 풍자적 수법과 밀접히 결부되어 있다는 점이다.

작품에서는 조선조 봉건사회 탐관오리들의 교활성과 악랄성을 폭로하고 있으며, 봉건 중앙집권제의 약화와 봉건관료배들의 무능을 풍자하고 있다. 소설에서는 늙은 쥐가 창고의 쌀을 마음대로 훔쳐 먹게 한 것은 상제上帝, 즉 국왕에게 있다고 암시한다.

"하늘과 땅과 들귀신, 산귀신과 울울창창한 소나무, 잣나무와 쏴쏴 부는 바람과 뭉게뭉게 피어오르는 구름과 몽롱한 안개와 축축한 이슬과 반짝이는 별들과 밝은 해와 달이 모두 상제의 명령을 받들고 나로 하여금 나라 창고의 곡식을 마음대로 먹게 하였으니 이 늙은 것이 무슨 죄가 있단 말입니까?"

이 말은 실로 당시 국왕을 비롯한 모든 봉건 통치배들의 죄책을 추궁하는 준열한 탄핵이다.

늙은 쥐에게 거듭거듭 기만당하여 옥사를 결단하지 못하는 창고신의 우유부단한 행태는 조선조 봉건사회의 법률제도의 문제성을 폭로, 풍자하고 있으며, 또한 국방에 무능력한 무관의 상징으로 호랑이를, '청백리'임을 표방하면서 서민들을 착취하는 문관의 상징으로는 봉황새를 들어 조선조 관료사회의 표리부동함과 그 부패상을 풍자한다.

이 소설의 주제, 사상적 경향은 작품의 마지막 부분에 등장하는 작가 자신의 전반적 사태에 대한 평가를 통해 뚜렷이 드러난다.

"불은 당장에 꺼버리지 아니하면 번지는 법이요, 옥사는 결단성이 없이 우유부단하면 번거로워지는 법이다. 만일 창고신이 늙은 쥐의 죄상을 밝게 조사하여 재빨리 처리하였더라면 그 화는 반드시 그렇게까지는 범람하지 않았을 것이다. 아! 간사하고 흉악한 성질을 가진 자는 어찌 창고를 뚫는 쥐뿐이랴? 아 참! 두려운 일이로다."

이 결론적 성격인 평가는 위에서 인용한 늙은 쥐의 마지막 공술과 서로 묘하게 조응됨으로써 이 우화소설의 중심사상으로서의 우의寓意— 가장 중요한 숨은 뜻을 보여준다. 즉 조선왕조 전반적 지배계급에 모두 문제가 산적해 있는바, 일부 쥐 같은 좀도적이나 붙잡아내서 근본적으로 해결할 수 있는 문제가 아님을 암시하였다. 아마도 임제는 혹시 '바늘도적은 죽임을 당하고 나라를 훔친 놈은 왕후가 된다'고 개탄했을 수도 있었겠지만 이런 목

11

숨이 왔다 갔다 하는 위험한 말은 감히 발설할 수 없었을 것이다.

소설은 이처럼 봉건관료들의 부패성과 봉건 정치의 불합리성을 신랄하게 폭로, 비판, 풍자하였음에도 불구하고 이러한 부정적 사회현상이 나타나게 한 사회적 근원을 밝히지는 못하였다. 소설은 늙은 쥐를 처단하고 그 일족을 멸살하니 그 뒤부터는 나라 창고에 곡식이 축나거나 허비되는 일이 없어졌다고 하였는데 이것은 객관적으로는 작자가 처한 시대적인 제한성으로 인하여 야기된 것이고, 주관적으로는 작자 임제의 세계관의 제한성으로 인하여 연유된 것이라고 할 수 있다.

이러함에도 불구하고 이 작품은 당대의 가장 중요한 사회문제를 제기하여 그에 대한 견해를 밝혔을 뿐만 아니라 예술성에서도 높은 수준에 이르렀다.

이 작품은 동서양의 중세기 문학에서 가장 보편적인 문학 표현 수법으로 자리매김했던 알레고리적 우의寓意수법에 의존하고 있다. 이 작품에서는 무려 80여 종의 동식물을 등장시켜 그 매개 동식물의 형태, 생태, 장점과 결함 등에 대해 섬세하게 묘사함으로써 각이한 정면적 동식물 형상과 부정적 동식물 형상들의 성격적 특점을 비교적 깊이 있게 드러내 보임과 동시에 인간세계 각계각층의 다양한 계급이나 계층을 암시함으로써 예술적 감흥을 주고 있다. 또한 거기에 적절한 고사를 삽입한 데서 작자 자신의 자연 생태 및 사회인문에 관한 해박한 지식을 유감없이 드러냈다.

이 작품은 작자의 풍부한 상상력과 세심한 관찰력, 능란한 표현기교 그리고 날카로운 사회비판정신과 풍자정신을 보여주었으며 아울러 작품의 곳곳에서 보이는 해학적인 표현과 유머러스한 언어적 표현으로 작자의 호방한 성격이 유감없이 드러난다. 이밖에도 고사성어, 속담 등의 적절한 구사에 의한 상징의 생동성으로 뛰어난 사상·예술적 성과를 거두었다.

임제의 우화소설《서옥설》은 이러한 사상·예술적 성과로 조선조 시기 우화소설의 대표적 작품으로 평가받고 있다. 그리고《장미의 이야기Roman de la Rose》나《여우의 재판Jugement de Renart》같은 프랑스 중세기의 로망들에 비해도 전혀 손색이 없다. 그러므로 임제의 우화소설《서옥설》은 세계 중세기 우화문학에서도 마땅히 중요한 위치에 자리매김 되어야 할 것이다. 또한 임제의 우화소설《화사花史》와 프랑스의 로망《장미의 이야기》그리고 임제의 우화소설 《서옥설》과 프랑스의 로망《여우의 재판》은 그 소재나 표현수법 면에서 많은 유사성이 존재하기에 비교문학의 수평적인 시각과 방법으로 깊이 있는 연구가 필요하다고 여긴다.

뿐만 아니라 오늘을 살아가는 우리들에게 여전히 중요한 의의와 가치가 있다. 특히 지금도 관료계층의 만연된 부패로 나라의 정치가 혼암해지고 백성들의 분노가 비등하고 있는 적잖은 아시아, 아프리카의 여러 나라들에서 임제의 우화소설《서옥설》의 비판정신은 여전히 사람들에게 시사해 주는 바가 크다.

발간에 즈음하여

임채준

　몇 년을 생각하고 문중회의를 거듭하여 백호 임제의 작품으로 《서옥설》 발간을 기획한 지 3년, 드디어 백호문중의 이름으로 이 책을 발간하게 되었습니다. 기쁜 마음도 있지만 한편으로는 어려운 시련의 시작이 아닌가 하는 막연한 두려움도 있습니다.

　몇십 년 전 개원하고 있을 때 저의 선친께서 연변에서 발행한 문고본 '임제 작 《서옥설》'을 저에게 주시면서 한숨을 크게 내쉬던 모습을 기억합니다. 몇십 년이 흘러 대학을 퇴직한 후, 문사를 공부하기 시작하면서 어렴풋이나마 이 문제에 대해서 좀 더 구체적이고 문헌적인 고찰을 시작해왔고 문중 어르신들의 의견을 들으면서 백호 할아버지의 자손으로서 이 문제만이라도 한 번 토론의 장으로 끄집어내어 유독 우리나라 학자들만 《서옥설》을 작자 미상으로 이야기하는 이유를 찾아보고자 하였습니다. 이것이 바로 《서옥설》 책을 출판하기로 기획하게 된 동기입니다.

　여러 학자 교수님들을 만나 이야기해보면 상당 부분을 공감하

14

면서도 공식적 입장 표명을 유보하는 모습을 보면서 말 못할 어떤 연유가 있다는 심증은 가나 확실한 증거가 없으니 여기에 글로 쓰지는 않겠습니다.

이로 하여 우선 백호 문중 전체 회의에서 《서옥설》을 책으로 발행할 것을 결의하고, 앞으로 우리 문중은 《서옥설》을 임제의 작품으로 인정하기로 하였습니다.

2012년 11월, 백호문학관 개관 기념 세미나의 강연자분들께 《서옥설》에 대한 의견을 물었고, 마지막 토론장에선 문중의 대표로서 우리 문중의 입장을 밝히고 많은 관심과 연구를 부탁드리기도 하였습니다. 우선 제가 《서옥설》에 관심을 가지면서 이 작품이 백호 임제의 작품이라는 확신을 갖게 된 이야기와 증거를 여기에 소개하고자 합니다.

《서옥설》은 규장각에 보관된 책의 제목이고 《서옥기》는 국립도서관에 보관된 책의 제목입니다.

현존 문헌을 보면 맨 처음 《서옥설》을 임제의 작으로 기술한 사람은 《조선소설사》를 쓴 김태준입니다. 그 어느 학자도 1939년 (昭和14년)에 출판한 김태준 《조선소설사》를 부정하는 사람은 없을 것입니다. 이 《조선소설사》 제5편 제3장 동화 전설의 소설화 부분에 분명히 임제의 《서옥설》로 되어있습니다.

기묘서되었다.

林悌의 「鼠獄說」도 뤼니야

그 후 1990년 성균관대학교 박희병 교수가 교주校注한 김태준 저著의 《증보조선소설사》에도 분명히 임제의 《서옥설》로 기재 되어 있습니다.

임제의 「서옥설」(鼠獄說)도 쥐 이야기로써 되었다.

16

1957년 연변출판사에서 간행한 《서옥설》의 서문에는 '백호 임제는 16세기 우리나라가 낳은 특출한 문학가이며 소설 《서옥설》은 그의 작품들 중 대표적 걸작'이라고 하였습니다. 이 책의 역자인 창해 최익환 교수는 김일성종합대학에서 조선문학 강의를 담당한 후 수년간 《서옥설》의 원문을 널리 찾아보았으나, 얻지 못하고 안타까워하던 중 1955년 동 대학 도서관에 들어온 박윤원 씨의 송산문고 중에서 《서옥설》 필사본을 발견하게 되었습니다. 이 필사본은 30년 전에 묵지로 등사한 것인데, 그 첫머리에 '나주羅州 임제林悌 저著'라고 쓰여 있고 표지 안쪽에는 《서옥설》 제목 밑에 쥐 한 마리를 그려 놓았습니다. 이는 전재본에서 그대로 묘사한 것입니다."

중국 베이징대학교 박충록 교수의 조선문학간사(연변교육출판사,1967) 임제의 작품세계라는 논설 3부 소설 세계에서 '임제는 김시습의 소설문학의 계보를 계승하였다. 오늘에 전하고 있는 그가 창작한 소설작품은 《서옥설》, 《화사》, 《수성지》, 《원색몽유록》 등이 있다. 이 작품 가운데서 대표작은 《서옥설》이다.'라고 논증하고 있습니다.

그 외 중국에서 출간된 책들 중 《서옥설》을 임제의 대표작품으로 명기한 책들은 다음과 같습니다.

1 김관웅, 김정은,　　　《한국고대한문소설사약》
2 왕연강,　　　　　　《한국한문소설연구》
3 위욱승　　　　　　《한국 문학사》
4 이암, 지수용　　　《한국문학통사》
5 윤윤진, 지수용 외　《한국문학사》
6 허문섭, 채미화 외　《조선고전작가작품연구》
7 정판용　　　　　　《조선어문수첩》
8 김영금　　　　　　《조선한국문학사》
9 박충록　　　　　　《조선고전문학선집⑧》
10 허문섭　　　　　《조선문학사》
11 허휘훈, 채미화　　《조선문학사》
12 김하명　　　　　《조선문학사》
....

그 외 러시아 출신 한학자 이복청李福淸은 전공이 중국문학이지만 한국문학 관련 저서를 많이 펴낸 사람인데 《서옥설》을 임제 작품으로 취급하고 있는데 1964년 러시아에서 출판한 《Мышь под судом(서옥기)(출판자 Худож. лит, 저자 Лим)》에 서문을 달았습니다.

또 일본에서 문학 활동을 하고 계시는 이은직 씨가 쓰고 정홍준 교수가 옮긴 《조선명인전》에 〈풍류와 기백의 문인 임제〉 재하의 글 중에 그 대표작은 《서옥설》(쥐에 대한 재판)이라고 알려져 있다고 분명히 밝히고 있습니다.

이상의 글과 몇 장의 사진을 증거로 제시하면서 우리 나주임씨 백호 문중에서 이 책을 문중의 이름으로 발간하게 되었으니, 백호 임제에 대한 많은 관심과 《서옥설》에 많은 학자분들의 관심을 부탁드리며, 아울러 이보다 더 확실한 증거로 작자 미상이 아닌 다른 사람의 작품이라는 것이 확실히 증명된다면 겸허히 수용할 것도 말씀드립니다.

그동안 우리나라의 여러 학자들과 교수님들께서 《서옥설》의 오탈자나 기타 관련 연구가 있었음을 잘 알고 있습니다. 이에 대해서도 깊이 감사드리고자 합니다.

앞으로 저의 문중에서는 계속해서 백호 임제의 작품들을 단행본으로 출간하여 학자나 독자 여러분들이 손쉽게 가까이할 수 있도록 노력하겠습니다.

서두에 말씀드린 바와 같이 어려운 여건 속에서 결정하여 발간한 책이오니 너그러운 마음으로 관심을 가져 주시면 고맙겠습니다.

이 책이 나오도록 물심양면으로 도움을 주신 중국 상하이 복단대학교의 황현옥 교수님과 부군이신 강보유 교수님 그리고 흔쾌히 역주를 맡아주신 연변대학교의 김관웅 교수님께 다시 한

번 감사를 드립니다. 그리고 여기에 이름을 밝힐 수 없는 국내 몇
몇 교수님의 의미 있는 말씀들도 큰 힘이 되었음을 밝혀둡니다.
또 우리 문중의 뜻을 헤아려 주시고 일가의 정을 담아 출판을 해
주신 미래문화사 임종대 회장님께도 감사의 말씀을 드립니다.

2014년 여름 호운당에서
백호문중 대표 14대손 채준 근서

임제의 《서옥설》 출간을 축하하며

베이징대학 외국어학원 한국 문화학부
박충록 교수

필자는 나주임씨 백호문중에서 소설 《서옥설》을 임제 작품으로 인정하고 번역하여 출간하는 것을 진심으로 축하한다.

임제 문중에서는 지금까지 임제의 많은 문헌을 발굴하여 출판하였으며 지난해 4월에는 백호문학관을 개관하였는데, 문학관에는 지금까지 발굴된 임제의 서예작품, 초상화, 저서 등 중요한 문헌들이 전시되어 있다.

이제 나주임씨 문중에서 직접 임제의 소설 《서옥설》을 한글로 번역하여 출판하게 되면 한국문학계에 큰 반향을 일으키게 될 것이다.

북한 학술계[1] 에서는 《서옥설》을 임제의 대표작으로 인정하고

---

1) 김순택, 《조선문학사》, 김일성종합대학 출판사, 1982년 3월, p.213~220
   〈임제의 창작활동과 우화소설의 발전〉
   〈재판받는 쥐〉
   김하명, 《조선문학사③》, 사회과학출판사, 1991년, p.149~158
   〈임제의 우화소설〉

있으며 중국의 학술계[2]에서도 《서옥설》을 임제의 대표작으로 인정하고 있다.

러시아의 이복청 씨가 러시아어로 번역된 《서옥설》에 서문을 단 것만 보더라도 서옥설이 임제의 대표적 작품이라고 인정한 것을 알 수 있다.

임제林悌(1549~1587)는 16세기 시문학에서도 시단의 맹주[3]였을 뿐만 아니라, 소설 문학에서도 독보적인 대표적 소설가였다.

임제의 소설에는 대표작 《서옥설》 외에 《원생몽유록》, 《화사》, 《수성지》 등 4편이 전한다.

필자는 이 글에서 임제의 《서옥설》을 그의 다른 작품 《원생몽유록》 《화사》와 비교해 보면서 이 소설들의 주제사상과 예술적 수법의 비교를 통하여 《서옥설》이 확실히 임제의 작품임을 증명하고자 한다.

먼저 임제의 대표작 《서옥설》을 살펴본다.

《서옥설》은 부정적 주인공인 늙은 쥐를 비롯하여 무려 84종의 동식물들의 의인화된 형상을 통하여 나라의 재산을 탕진하여 사리사욕을 채우는 탐관오리들과 부패하고 무능한 봉건 통치배들을 폭로 비판하였다.

---

2) 박충록, 《조선문학간사》, 연변교육출판사, 1967년, p.124~128
  〈임제의 우화소설 재판받는 쥐〉
  《조선고전문학전집 8-임제 권필작품집》, 민족출판사 p.102~177
  〈재판받는 쥐〉
3) 신호열, 임형택 역, 《역주백호전집》 (하권), 창작과 비평사, 1997년 1월 15일, p.933~935. 신흠의 〈백호집서〉

작자는 이 작품을 끝맺으면서 태사 씨太史氏의 입을 빌려 '불은 당장에 꺼버리지 아니하면 번지는 법이요 옥사는 우유부단하면 번거로워지는 법이다. 만일 창고신이 늙은 쥐의 죄상을 밝혀 똑똑히 조사하여 조속히 처단하였으면 그 화는 그렇게까지 번거로워지지 않았을 것이다. 아! 간사하고 흉악한 성질을 가진 자는 어찌하여 창고를 뚫은 쥐뿐이랴! 아— 참 어려운 일이다.'라고 외쳤는데 이 말은 역시 이 작품이 추구한 사상적 취향이며 주제사상이기도 하다.

소설《서옥설》에서 늙은 쥐는 교활한 방법과 음흉한 술책으로 나라의 재산을 도둑질해 먹는 봉건사회 탐관오리의 의인화된 상징이며 창고신은 우유부단하고 무능력한 통치배 법관의 의인화된 상징이다. 작품에서는 탐관오리의 교활성과 악랄성을 잘 보여준다. 밥솥 밑에 구멍을 뚫어 놓으며 고양이의 목에 방울을 달아 놓아 그 움직임을 미리 알 수 있게 하는 등 간교하고 민첩하기 그지없는 늙은 쥐가 오랜 세월을 거쳐 나라의 곡식을 탕진하고 그 죄과를 남에게 들씌우려고 발악하는 장면들의 묘사를 통하여 폭로하고 있다.

소설에서는 늙은 쥐를 잡아놓고 그놈의 죄상을 제때에 까밝히지 못하고 그 속임수에 넘어가 무고한 자들을 고통받게 하는 창고신의 우유부단한 상을 보여주었다. 그리고 무고한 여러 동식물 80여 종을 불러들여 문초하는 데서 중앙집권제의 약화와 봉건관료배들의 무능을 풍자하였다.

작품에서 비취, 원앙, 난새, 학, 봉황, 공작, 사자, 코끼리, 기린 등도 일정한 계급과 계층을 재연한 상징이다. 예를 들면 호랑이는 국방의 무능력한 무관의 상징이고. 봉황은 청백과 청렴을 표방하면서 인민들을 압박 착취하는 문관의 상징이다.

작품에서는 당시 16세기 부패한 정치와 사회상도 잘 반영하였다.

작품에서 늙은 쥐는 마지막에 상제의 명령을 받들고 나로 하여금 나라 창고의 곡식을 마음대로 먹게 하였으니, 이 늙은 것이 무슨 죄가 있단 말입니까? 한데서 상제 즉 국왕에게 그 죄가 있다는 것을 암시하고 있다. 이 말은 실로 당시 왕을 비롯한 모든 통치배들의 죄책을 추궁하는 준엄한 논고라고 말할 수 있다. 하지만 여기에서 국왕을 비롯한 탐관오리 법관 등을 신랄하게 폭로 비판하고 있는 데도 불구하고 이런 부정적 형상들을 낳게 한 사회적 근원을 밝히지는 못하였다. 이것은 작가의 세계관적 한계이다.

《서옥설》은 16세기 중대한 사회적 정치적 문제를 제기하여 그에 대한 견해를 밝혔을 뿐만 아니라, 예술성 면에서도 높은 수준에 이르렀다. 그것은 우화 세계의 방대성, 능숙한 의인화의 수법, 독특한 구성, 묘사의 생동성, 풍자성 등이다.

작품에서는 84종의 동식물을 의인화시켜 우화적 수법을 써서 매개 동식물들의 형태, 생태, 생활습성, 성격 그와 관련된 전설과 고사, 장점과 결점 등을 상세하게 묘사하였다. 여기서 작자 임제의 박학다식과 풍부한 상상력, 그리고 능숙한 표현적 기교를 보여주었다.

이 작품은 독특한 구성법을 썼다. 84종의 동식물이 사십 회나 똑같은 일을 되풀이하는데도 조금도 지루한 감을 주지 않는다. 이 소설은 분량상 오늘날의 중편소설 형식을 갖추고 있다. 이 작품은 중세 우화소설 대표작의 하나로 후기 중세 우화소설의 발전에 크게 기여하였다. 이제 작품《서옥설》을 임제가 20세였던 1568년 무진년에 썼다고 작품 끝에 밝힌 처녀작《원생몽유록》과 그의 다른 작품인《화사》《수성지》등과 주제사상 묘사수법들을 비교하면서《서옥설》과의 공통점을 밝혀보려 한다.

소설《원생몽유록》에서는 '원자허'라는 선비가 신선이 되어 생육신의 한사람인 남효온의 안내로 단종과 사육신을 만나 회포를 털어놓는 이야기를 기본 줄거리로 하여 세조의 비인도적인 처사를 '도적의 류'로 낙인찍으면서 단종과 사육신에 대한 깊은 동정을 보낸 작품이다.

위에서 본 바와 같이 소설《원생몽유록》은 소설《서옥설》과 같이 불합리한 봉건사회의 사회정치문제 즉 세조가 비인도적인 처사로 자기 친조카인 단종의 왕위를 찬탈한 것을 단죄하고 있다. 세조가 자기 조카인 단종 왕위를 참혹한 방법으로 빼앗은 것은 우선 도덕적으로 광범위한 백성들에게 용납될 수 없었다. 작품에서 목숨을 바쳐 세조에게 항거해 나선 사육신들의 굳은 절개를 비록 봉건 충군사상에 기초한 것이라고 해도 광범위한 백성들의 공감과 동정을 불러일으킨 것은 정의감이 강한 임제의 주목을 끌게 되었다.

소설 《원생몽유록》은 단순한 봉건적 충의사상을 보여준 것이 아니라 세조가 어린 조카 단종의 왕위를 잔인한 방법으로 빼앗은 의롭지 못한 국왕으로 비판하고 단죄한데 그 의의가 있다.

소설 《서옥설》에서 늙은 쥐가 자기에게는 죄가 없고 상제 국왕에게 그 죄가 있다고 한 것처럼 작품 《원생몽유록》에서도 어린 조카 단종의 왕위를 찬탈한 세조를 비판하여 단죄하고 봉건 국왕을 비판한 공통점을 가지고 있다. 소설 《서옥설》과 《원생몽유록》은 다 같이 작품 주제 면에서 이조 봉건사회의 사회정치문제를 취급한데 그 공통점이 있다. 이렇게 두 작품은 다 봉건사회의 사회정치문제를 다루었다.

창작방법에서 보면 《서옥설》은 사실주의 창작방법을 썼다면 《원생몽유록》은 환상적 꿈의 세계로 그렸기 때문에 낭만주의 창작방법에 의하여 창작되었다.

임제의 《화사》가 지금의 중편소설의 분량에 해당된다면 《서옥설》도 현대의 중편소설의 분량에 해당되는 공통점을 갖고 있다. 소설의 분량 면에서 봐도 16세기 처음 중편소설을 썼다는 점에서 《서옥설》이 임제의 작품임을 유추할 수 있다. 또한 《서옥설》은 84종의 동식물을 의인화하여 썼다면 《화사》는 꽃을 의인화하여 썼다.

소설 《화사》에서는 나라 이름을 '도'라고 하였다. '도'는 질그릇에 꽃을 심었기 때문이다. 소설 《화사》에서는 엄동설한에 화분에 피는 매화부터 서술하고 있다. 매화(열왕)를 봉건군주의 본보기로 내세우고 '도' 나라를 이상적인 나라로 묘사하였다.

《화사》에서 임제는 '도' 나라의 역사 열왕과 그의 신하들의 상징을 통하여 왕은 소박하고 결백한 품성을 지녀야 하며 광범위한 백성들의 지지와 옹호를 받을 때, 또 정직하고 충성스러운 신하를 거느리고 정당하고 합리적인 의견을 채납採納하고 간신을 멀리하고 국방을 강화할 때에만 나라가 번창, 발전한다는 사상을 보여주었다. 소설《화사》에서는 나라와 인민의 이익은 안중에도 없고 제 한 몸의 부귀공명만을 추구하며 그에 대한 간악한 범죄행위도 꺼리지 않는 양반 관료배들, 신의와 인간적 양심이란 티끌만큼도 없는 간신들의 상징도 창조하였다.

소설은 또 당대의 신성불가침의 존재로 되어 있던 봉건군주의 추악한 정체를 낱낱이 드러내 보여주고 광범위한 백성을 등지면 반드시 멸망한다는 불가피성을 상징적으로 보여주었다.

소설《서옥설》에서는 탐관오리의 형상으로 늙은 쥐를 등장시키고 그 최종적 죄책을 상제-국왕에게 전가시켰다면《원생몽유록》에서는 이조 봉건사회에 실제 있었던 자기의 어린 조카 단종의 왕위를 찬탈한 세조의 추악한 형상을 보여주었다. 소설《화사》에서 꽃을 의인화하여 모든 양반 관료들과 간신 봉건군주마저 비판했던 전례들을 보아 소설《서옥설》도 확실히 임제의 작품이라고 볼 수 있다.

이상에서 살펴본 바와 같이 소설《서옥설》,《원생몽유록》,《화사》,《수성지》 등의 주제사상은 다 이조 봉건사회의 사회정치 문제를 취급했다는 공통점이 있고 모두 동식물을 의인화한 우화소설이란 공통점이 있다. 소설의 분량에서도 《서옥설》과 《화사》는 현대의 중편소설에 해당된다. 이러한 공통점을 가지고 있기에 필자는 《서옥설》을 임제의 작품이라고 여긴다.

임제는 15세기 김시습의 소설 창작의 계보를 이어받고 소설의 주제 면을 확장하였다. 15세기 김시습의 금오신화에 실린 소설들이 사랑이야기를 많이 다루었다면 임제의 소설 《서옥설》, 《원생몽유록》, 《화사》, 《수성지》 등 작품은 사회정치 분야에서 16세기 격화된 당시 사회현실을 사실주의 또는 낭만주의 창작방식으로 묘사하였다. 16세기에 동식물을 의인화한 우화소설을 창작하고 그 소설의 분량 면에서도 현대의 중편소설에 해당되는 소설을 개척한 데서도 《서옥설》이 임제의 작품임을 증명할 수 있다.

'가장 민족적인 것은 가장 세계적인 것이다' 라는 말이 있다. 임제는 한국의 가장 민족적인 생활풍습인 명절날이나 평소에 한국여성들이 그네 뛰는 것을 보여준 시 〈추천곡〉에서 한국여성들의 민족적 풍습을 잘 보여주었다. 자기 조국의 산천을 노래한 〈패강의 노래〉, 〈푸르른 패강〉 등 애국충정의 애국적 시가도 많이 창작하였다. 더욱이 〈잠여민정〉, 〈마소의 노래〉, 〈청원촌객점에서 새벽닭 우는 소리를 들으며〉 등 애국충정의 시가도 창작하였다. 그 외 소설 《서옥설》, 《원생몽유록》, 《화사》, 《수성지》 등에서 16세기 당대 사회의 부패성과 통치계급 내부의 갈등 등을 생생하게 묘사하였기에 가장 민족적이다. 이런 민족적인 것은 독특한 이채를 띤 한 떨기 꽃과 같아서 세계적 의의를 띤다. 그리하여 백호 임제문학은 한국의 울타리를 벗어나 전 세계적인 독자들이 즐기는 세계적인 문학으로 인정되고 있다. 중국, 일본, 러시아 등의 나라들에서도 임제의 문학이 보급되고 연구되고 번역되고 있는 데서 이러한 현상을 보게 된다. 예를 들면 1823년 일본 애도江戶시대 도쿠가와 막부德川幕府의 교육시설인 창평판학문소昌平坂學問所에서 발간한 일부 백호 문집을[4] 일본인 나까이 겐지仲井健治 선생이 발견하였다. 또 위의 일본인 나까이 겐지는 임제의 시문학을 연구한 논문 〈조선의 민중시인 임제의 연구〉를 쓰기도 했다. 그리고 러시아에서도 임제의 소설 《서옥설》을 번역하여 발간했는데 러시아의 한학자 이복청이 번역문에 서문을 달았다. 중국에서는 박충록, 허문섭, 황현옥 등등 많은 학자들이 임제의 문학을 연구하여 논문으로 발표하였고 그 소설과 시문학을 번역하여 출판하였고 제주도 기행문인 〈남명소승〉 관련 논문도 발표하였다.

---

4) 임채준, 《백호문집소고》 p.2

임제의 《서옥설》
한글판 번역 출간에 즈음하여

상하이 복단대학교 황현옥 교수

　백호 임제의 《서옥설鼠獄說》 한글판 번역 출간은 문학을 사랑하는 우리 모두의 대사大事이다. 《서옥설》은 조선조 시기 우화소설 중 가장 우수한 작품으로 알려지고 있다. 작품은 의인화적 수법과 풍자적 수법으로 나라 창고 쌀을 축내는 쥐들을 탐관오리에 빗대어 풍자했을 뿐만 아니라 표현기법 면에서도 당대 우화소설 중 극치를 이룬 작품으로 꼽힌다.

　필자는 대학공부를 하면서 《서옥설》이라는 작품을 접하게 되었다. 그때까지는 누구나 그러했듯이 《서옥설》이 누구의 작품인지에 대해서 별로 관심이 없었다. 그저 작품성에 도취되어 재미로 읽었을 뿐이다. 그런데 한국문학에 심취할수록 작가와 작품의 유대가 더없이 중요함을 깨닫게 되었다. 작품의 내용과 기법은 작가를 떠날 수 없고 또 작가가 살아간 그 시대를 알아야 그 작품의 진가를 잘 알 수 있기 때문이다. 학계에서는 아직 《서옥설》이 누구의 작품인지를 가지고 일치한 견해를 보이지 않지만

《서옥설》이 임제의 작품이라는 견해가 아무래도 더 지배적이다. 즉 백호 임제의 작품일 가능성이 가장 크다는 것이다. 작가 미상으로 방치해 두느니 그 가능성을 열어두고 고증과 함께 연구를 거듭하는 것이 더 만족스러운 결과를 가져올 것이고 그로써 또 진실이 밝혀질 것이라 믿는다. 그런 기대감에서 나주임씨 백호 문중이 《서옥설》을 임제의 작품으로 과감히 인정하고 한글판으로 번역 출간하게 된 점에 큰 의미를 부여하고 싶다. 필자도 《서옥설》에 매료되어 임제의 여타 작품들과 비교하면 할수록 그 근친 반응에 감응된 적이 한두 번이 아니었는바, 작품 《서옥설》의 한글판 번역 출간을 더없이 기쁘게 생각하고 진심으로 축하의 메시지를 보내는 바이다.

우리는 작품 《서옥설》을 통해 동물에 대한 임제의 박식함과 그의 표현 기법에 감탄을 보내지 않을 수 없다. 작품은 풍자적 수법으로 늙은 쥐의 간사함과 교활함은 물론 80여 종 동물의 습성과 생존환경을 생동한 화폭으로 그림으로써 단순 반복 기술에도 불구하고 독자로 하여금 지루한 감을 떨쳐버리게 한다. 작품 《서옥설》은 결국 늙은 쥐에 대한 극형 재판으로 작품이 마무리되지만 의인화의 수법으로 생존을 위한 각종 동물들의 본성을 그린 동물 세계로부터 인간의 위기 탈출의 묘략과 책임 회피의 술책을 숨김없이 과감히 그린 한 폭의 부당한 인간세계를 방불케 하는 우화소설의 걸작으로 평가할 만하다.

작품 《서옥설》은 태사 씨의 말을 빌려 '아! 간사하고 흉악한 성질을 가진 자는 어찌 창고를 뚫는 쥐뿐이랴? 아 참! 두려운 일이로다.'고 한탄하면서 당시 사회의 부정 부당함을 질타함으로써 너무나 직설적이면서도 여운을 남겨 더욱 매력적이다.

작품《서옥설》의 한글판 번역 출간으로 백호 임제의 사회 비판 정신을 다시 한 번 되새겨 보게 함으로써 국제화·세계화의 파고 속에서 부정과 부패, 기만술과 모면책이 난무하는 오늘날을 살아가는 우리들에게 올바른 계시를 줄 것으로 기대한다. 아울러 작품《서옥설》의 예술성에 대한 새로운 인식으로부터 백호 임제의 문학사상이 동양문학은 물론 세계문화사에 대한 공헌을 다시 한 번 되새겨 보는 계기로 거듭날 것을 바라마지 않는다.

작품《서옥설》의 한글판 번역 출간은 또 독자의 대중화에 기여할 뿐만 아니라 한국어와 한국문화를 공부하는 외국인들이 쉽게 접해 읽게 함으로써 한국문화의 세계화에도 기여할 것으로 기대된다.

2014년 8월 20일
용정 비암산 기슭에서

축 사

임정길

　그동안 《서옥설》이 유독 우리나라에서만 작자 미상으로 되어 있던 현실을 백호문중 어르신들이 오랫동안 논란되던 것을 2012년 가을 백호문학관 개관기념 국제 심포지엄에서 논제로 삼아 학자들 앞에서 문중의 견해를 밝혀, 마침내 우리나라에서 공식적으로 백호白湖 임제林悌 작품으로 나주임씨 절도공파 백호문중이 출판할 수 있게 된 것을 나주임씨 대종중을 대표하여 축하해 마지않습니다.

　옛말에 조상님 발자취를 진실하게 밝혀 빛내드리는 일이야말로 후손 중에 으뜸이요, 그 정신을 이어받아 올곧게 살아가는 것이 둘째라 하였는데, 근간에 백호공 문중에서 몇 가지 큰일을 이루시니 진심으로 축하드리고 일면으로는 부럽기조차 합니다.

　그 첫째가 나주 회진에 백호문학관을 개관한 일이며, 둘째는 성균관대학교 도서관에서 겸제유고가 발견되어 기존에 《백호문집》〈역주 편〉에 보강하여 신판 《백호문집》이 근간에 출간을 앞둔 것입니다. 또한《서옥설》이 출간되니, 이는 여러 사람의 도움도 컸겠지만 백호문중 종원 이하 문중 임원들의 노력의 결과라 사료되어 경하드리며, 이는 우리 나주임씨 모든 일가의 영광이고, 이런 일들을 본받아 다른 문중에서도 더 많은 자료 발굴의 시발점이 되었으면 합니다.

《서옥설》 역주자 김관웅 교수의 서문을 겸한 해설을 읽어보니, 우리 선조이신 백호 할아버지가 시인으로서만 유명하신 줄 알고 있었는데, 소설도 이렇게 국내뿐만 아니라 세계적으로도 인정받는다는 것을 새삼스럽게 느꼈습니다.

끝으로 그간의 많은 어려움을 이겨내고 이 책이 출간되는데 혼신의 정성과 열정을 바친 백호문중 임원 여러분들의 노고를 치하드립니다. 감사합니다.

2014년 여름
나주임씨대종중 도유사
임 정 길　근서

차례

寓話小說
鼠獄說

서옥설

재판 받는 쥐 이야기

백호 임제

서옥설

옛날에 창고는 반드시 외지고 한적한 곳에 지었다. 그것은 혹시 마을에 화재가 일어나더라도 불길이 번지는 것을 미연에 방지하기 위함이었다. 이런 까닭에 창고의 사위[1]에는 잡초가 우거지고 울퉁불퉁한 돌멩이들이 이리저리 깔려있었고, 담장에는 푸른 이끼가 가득 돋아났고, 섬돌에는 곰팡이가 가득 끼었고, 인가와 멀찍이 떨어져 있어 사람의 발길이 드물었다.

어느 후미진 굴속에 늙은 쥐 한 마리가 살고 있었다. 몸길이는 반자나 되고 털은 두어 치나 되게 길었다. 이놈은 교활하고 간사한데다가 속임수가 많기로 저희 무리에서 으뜸이어서 뭇 쥐들은 이 늙은 쥐를 어른으로 받들어 모셨다.

이 늙은 쥐는 어찌나 꾀가 많던지 밥솥 밑에 구멍을 뚫어놓게 한 것도 이놈의 소행이요, 고양이 목에 방울을 달아 놓아 미리 피할 수 있게 한 것도 이놈의 계책이었다. 그 간교한 수단과 민첩한 지혜가 대개 이와 같았다.

------

1) 사위四圍-사방의 둘레

하루는 이 늙은 쥐가 뭇 쥐를 불러놓고 의논하다가 말했다.

"우리가 사는 이곳엔 울타리가 없고 식량의 비축도 없는 데다가 또한 사람과 개들로부터 위협을 자주 받게 되니 이는 우리들이 생계를 꾸려나가는데 너무나도 주변머리가 없고 옹졸한 탓이다. 내가 듣자니 나라 창고인 태창太倉 안에 백옥 같은 쌀이 산더미처럼 쌓여서 묵고 썩는다는데 만일 우리가 그 밖으로부터 굴을 뚫고 들어가서 창고 안에다 보금자리를 마련하고 쌀가마니를 베고 자면서 싫도록 먹고 배를 두드리며 뛰놀게 된다면 얼마나 좋겠느냐? 이것은 하느님이 우리에게 주는 복이로다."

그리하여 어른 쥐는 뭇 쥐들을 거느리고 나라 창고를 찾아가서 벽 밑을 뚫기 시작했다. 한나절도 못 되어 늙은 쥐는 서까래에 드나들만한 큰 구멍을 뻐끔하게 뚫어놓고는 자기 새끼들을 데리고 들어가 나라 창고 안에 거처를 잡았다. 따라간 뭇 쥐들은 천을 헤아릴 정도로 많았는데 그놈들은 대들보에 기어오르기도 하고 봉당에서 술래잡기도 하고 갑자기 뛰어내리기도 하면서 마음대로 먹어댔다. 배가 출출하면 먹어대고 배부르면 먹기를 잠깐 멈추기도 했다. 이렇게 흥청망청 십 년 동안이나 파먹어대니 태창은 그만 텅 빌 지경이 되었다.

창고신倉神[2]이 장부를 펼쳐 들고 남아있는 양곡을 계산해 보니 그 수가 엄청나게 축나 있었다. 그는 깜짝 놀라고 두려워하며 곧 신병神兵을 풀어 범죄자인 늙은 쥐를 잡아다 앞에 꿇려 앉히고

---

2) 창고의 신

호통을 치며 국문하였다.

"성안의 여염집이 본디 너의 집이고 더러운 거름과 흙이 너의 식량인데 어찌하여 무리와 졸개들을 거느리고 신성한 나라 창고에 기어들어가 백 년이나 저축한 것을 탕진하고 만민의 양식을 없애 버렸느냐? 네놈의 씨알머리는 단 한 놈도 남김없이 모두 찢어 죽여 도적의 화근을 송두리째 뽑아 버릴 터이니 너의 무리와 사촉자[3]를 죄다 고해바치고 조금도 숨기지 말지어다!"

늙은 쥐는 땅바닥에 납죽 엎드려 앞발을 싹싹 비비면서 애원했다.

"이 늙은것이 꼴은 변변치 못하오나 성품은 허허롭고 밝사옵니다. 본래 별의 정기를 타고 천지의 기운을 받아 태어났기 때문에 비록 뭇 짐승들 중에서 으뜸은 아니오나 그렇다고 하류에 속하지도 않사옵니다. 그러하기에 옛날 소인묵객騷人墨客[4]들은 저희들을 《시경》[5]에서 읊었으며 군자는 저희 이름을 《예기》[6]에 올렸으니 저희들이 사람과 인연을 맺은 지는 이미 오랩니다. 보시다시피 지금 가로 뜨인 눈, 바로 선 코, 두 발로 서서 걷는 만물의 영장인 인간으로서도 일평생 농사를 힘들여 짓지만 오히려 배불리 먹지 못하고 굶주림에 허덕이는데 하물며 이 못난 늙은것이야 더 말

---

3) 사촉자唆囑者-사주자使嗾者와 같은 뜻으로 남을 부추겨 좋지 않은 일을 시키는 사람.
4) 시문詩文과 서화書畫를 일삼는 사람.
5) 《시경·위풍》에는 '큰 쥐(碩鼠)'라는 시가 있다.
6) 《예기·월령편》에는 쥐가 비둘기로 변했다는 이야기가 있다.

할 나위가 있겠습니까? 적수공권赤手空拳[7]으로 살아갈 길이 막연하여 이 모진 목숨을 이어가려고 겨와 쭉정이를 게걸스럽게 먹고 지내오니 저흰들 이 짓을 좋아서 하겠습니까? 어쩔 수 없어 하는 겁니다. 죄는 비록 크오나 처지는 가련합니다. 또 이 늙은것이 집안 운수가 불길하여 자식들을 잘 거두지도 못했습니다. 동쪽 집 함정에 빠져서 아들들은 다 죽었고, 서쪽 집에서 놓은 덫에 치여서 손자들마저 다 잃었습니다. 이처럼 끔찍한 참변들을 당하고 보니 눈이 어두워지고 몸이 쇠잔하여진 데다가 헐떡거리는 목숨이 촌보를 옮기기조차 힘들어졌습니다. 이렇게 늙고 병든 몸으로 별다른 꾀와 도량을 못 가졌으니 어찌 무리들이 저 같은 놈을 따르자고 하겠습니까?

그러나 저에게 죄를 짓도록 사촉한 자들이 있으므로 이 자들을 하나도 숨김없이 바로 말씀드리려고 합니다. 처음에 제가 태창의 벽을 뚫으려고 조심스레 벽 밑으로 기어가서 주위를 두리번거리며 살펴보니 담장 모퉁이에 피어있는 복사꽃은 저를 보고 방글방글 웃어주었고, 섬돌 앞의 실버들은 저를 보고 나풀나풀 춤을 추었습니다. 그 웃음은 제가 배부르게 먹게 된 걸 기뻐해 주는 것이었으며, 춤을 춘 건 제가 좋은 보금자리를 잡은 걸 축하해주는 것이었으니 이 웃음과 춤이야말로 제가 죄를 짓도록 사촉한 것이 아니고 무엇이겠습니까?"

이 말을 듣고 창고신은 노여워하였다.

---

7) 맨손과 맨주먹이라는 뜻으로, 아무것도 가진 것이 없음을 이르는 말.

"도둑놈들이 태창으로 기어드는 걸 보고 미워하기는커녕 도리어 웃어주고, 도둑질하는 걸 보고 놀라야 할 터인데 도리어 춤을 취주었다니 이것은 폭군 주왕紂王[8]을 거들어 더욱 포악한 짓을 하게 한 것이나 다를 게 없잖은가? 이런 놈들을 법으로 다스려야 하겠다."

창고신은 곧 신부神符[9]를 중얼중얼 외우고 나서 복사꽃과 버드나무의 신들을 포박하여 앞에 세워놓고 국문했다.

"너희들이 뿌리를 내리고 사는 곳에 이따위 벽을 뚫는 도적놈이 있는 걸 뻔히 보고서도 저지하지도 않고 고발도 하지 않고 왜 웃고 춤을 추었느냐?"

이에 복사꽃 신이 공술供述하였다[10].

"저는 본디 겨울철엔 벌거숭이로 지내다가 봄철을 맞아 피어나는 꽃봉오리들이 진분홍에 연지 빛깔이고 연분홍에 아름다운 비단무늬입니다. 이는 저의 타고난 본성이오며 또한 조물주의 공덕이옵니다. 그러니 다만 봄을 즐겨 웃음을 띠었을 뿐이었고 저 도둑놈에게 그날 무슨 정을 표시한 건 아닙니다. 이놈의 무고야말로 포복절도할 일이옵니다. "

이어서 버드나무 신이 진술한다.

"저는 본디 연약한 탓으로 따스한 바람이 골짜기에서 불어오고

---

8) 주왕은 중국 상나라의 제32대 군주로서 유명한 폭군이었다.

9) 부적은 악귀를 쫓고 재앙을 물리친다고 하여 붉은 먹으로 불가나 도가에서 쓰는 괴상한 글자를 적은 종이거나 패조각임.

10) 진술하다.

가랑비가 강둑에 개이면 하늘거리는 가지들은 장서의 풍채 같고 휘늘어진 실버들가지들은 위성渭城의 봄빛을 자랑합니다[11]. 아름다운 태도는 예쁜 여자의 눈썹을 본뜨고 다정스러운 모양은 이별하는 사람들의 손아귀에 들기도 합니다. 이른바 저의 나풀거리는 춤은 제 흥에 겨운 것이고 이 놈의 고자질은 전혀 근거가 없사오니 원통하기 그지없습니다."

창고신은 그들의 공술을 듣고 나서 이는 늙은 쥐가 꾸며대는 말이라고 생각했다. 그러나 미심하여 모두 옥에 가둬두고 재차 쥐를 꾸짖으며 국문했다.

"복사꽃이 웃고 실버들가지가 춤춘 것은 모두 이유가 있고 네 놈과는 아무런 관계도 없다. 누가 너를 도적질하라고 사촉했느냐?"

쥐가 다시 공술한다.

"태창의 문신門神과 호신戶神이 저를 도적질하도록 사촉하였나이다."

이 말을 들은 창고신은 노기등등하여 그 두 놈을 결박하여 머리에 주머니를 씌우고 목에 칼을 채워 마당에 앉히고 국문하였다.

"네 이놈들! 나라 창고를 지키는 것이 너희들의 책임이요, 잡인 출입을 엄금하는 것이 너희들 직분인데 도리어 문신은 큰 문을 모두 열어놓아 도적을 끌어들여 그놈들에게 양식을 주었으니 곤

---

11) 이는 당나라 때의 시인 왕유王維의 《송원이사안서送元二使安西》라는 제목을 단 시의 첫 구절 '위성의 아침 비 가벼운 먼지를 적시고渭城朝雨浥輕塵'에서 따온 시구이다.

장이나 난장만으론 충분히 징계할 수 없구나. 도둑놈을 섬긴 죄상을 속히 자백하라."

문신이 공술한다.

"안문 바깥문이란 출입하는 곳이기에 길하지 못한 것은 들어오지 못하게 엄히 단속했습니다. 설사 흉악한 백 가지 귀신이 몰려들어 큰 문을 열려고 해도 엄하게 만 명의 장정이 달려들어 막을수 있는 재주를 갖고 있다고 자부해왔습니다. 그래서 두 마음을 품고 있다는 비난은 받지 않을 줄로 생각하였습니다. 다만 큰 문이나 지키면 되는 줄 알았을 뿐이고 구멍을 뚫고 들어오는 놈이 있을 줄이야 어찌 꿈엔들 생각했겠습니까? 어리석게도 등신 모양으로 앉아 있은 것이 부끄럽기 짝이 없으나 저의 충성스러운 마음만은 하늘이 굽어보고 있습니다."

그다음 호신이 공술한다.

"저는 맡은 직분을 생각하고 혹시나 마음이 태만할까 항상 경계하여 왔습니다. 자물쇠를 단단히 채워두었으므로 잡놈들이 감히 엿볼 수 없으며 빗장을 단단히 질러두었으니 누가 감히 들어가겠습니까? 그래도 혹시나 고리짝이나 자루를 여는 도적놈들이 있어 처마 끝에 오르고 벽을 기어가는 재주를 부릴까 염려하여왔으나 이 하찮은 짐승이 그처럼 대담할 줄이야 누가 알았겠습니까? 저의 태만한 죄는 감히 변명할 염치가 없으나 이밖엔 아무것도 모르겠습니다."

창고신은 그들의 공술을 듣고 나서 모두 옥에 가두어두고 다시 쥐를 문초했다.

"방금 문초하니 큰 문신과 호신은 모두 한결같이 억울하다고 하였는데 네놈더러 도적질하라고 사촉한 놈이 정녕 따로 있을게다. 어서 실토하라."

쥐는 다시 입을 열었다.

"실상은 큰 문신과 호신뿐만 아니고 파란 눈의 고양이와 누렁 털빛의 개도 저를 사촉했습니다."

창고신은 또 고양이와 개를 포박하여 끌어다 놓고 국문했다.

"너희들이 쥐더러 쌀을 훔치라고 사촉했느냐?"

이에 개가 먼저 공술한다.

"저로 말하면 부지런히 밤을 지켜 단 한 번도 소홀히 한적 없습니다. 사람의 영만 내리면 그놈을 영락없이 잡아내고 땅을 파서 종적을 찾기만 하면 날쌔게 붙잡을 수 있습니다. 때로는 부엌에서 잡아냈고 때로는 측간에서도 몰아냈습니다. 강약이 서로 같지 않으므로 저놈은 저를 원수로 보고 노상 앙심만 품고 있습니다. 이 얼토당토않은 무고는 꼭 복수하려는 것이 분명하오니 분이 치밀어 오장이 막 찢어질 것만 같습니다."

이어서 고양이가 진술했다.

"조물주가 저희들을 만들어 쥐 잡는 직책을 맡기므로 저는 이 중대한 사명을 저버리지 않으려고 항상 창고 주변을 돌면서 기회를 기다리다가 날카로운 발톱과 송곳니를 시험하오며 항아리와 단지 사이에 숨어서 엿보고 있다가 날쌔게 잡아먹습니다. 욕심껏 배를 불리오니 어찌 한 놈인들 남길 리 있겠습니까? 용맹과 위엄을 보이면 놈들은 모두 숨을 죽이고 그림자를 감춥니다. 그런데 이처럼 쥐한테 물리고 보니 저놈의 씨를 말리지 못한 게 한스러울 뿐이옵니다."

창고신은 이들의 공술을 들은 다음 모두 옥에 가두어 넣고 다시 쥐를 보고 화를 내어 꾸짖었다.

"고양이와 개는 네놈과는 원수 간인데 내가 사리에 밝지 못한 탓으로 그들을 잡아다가 문초를 하였구나. 그들의 공술을 들으니 억울한 심정을 알게 되었다. 재판관의 체신이 심히 중한 까닭에 그들을 즉각 석방하지는 않으나 복수하려는 네놈의 앙큼한 마음은 다 드러났다. 어찌하여 네놈은 그렇게 간사하고 흉측하냐?"

늙은 쥐가 '족제비와 두더지가 확실히 저를 꼬드겼습니다.'라고 불어대자 창고신은 즉시 족제비와 두더지를 포박하여 놓고 야단을 쳤다.

"너희들은 쥐더러 곡식을 훔쳐 먹으라고 사촉했느냐?"

이에 족제비가 공술한다.

"저는 본디 산기슭의 수풀 속에서 살며 마을과 인가에는 발을 들여놓은 적이 한 번도 없습니다. 만수천산에서 오로지 나뭇가지를 얽어서 집을 짓고 사는 것을 낙으로 여기고 있사오며 아침저녁으로 늘 나무그루터기나 지키고 살아온 것을 부끄럽게 생각해 오고 있습니다. 나무타기를 하면서 늘 도토리를 줍고 밤을 까먹습니다. 그런데 이 고약한 놈이 이 몸을 끌어내어 자기는 발뺌을 하려 하오니 억울한 이 사정을 널리 통촉하여 주시옵기를 바랍니다."

그다음 두더지가 말한다.

"저는 만물 중에서 가장 미약한 자로 볕을 싫어하고 응달을 좋아하여 해만 보면 곧 몸을 감추고 땅속에서 늘 땅이 꺼질까 봐 전전긍긍합니다. 불행하게도 조물주가 만들어주신 제 얼굴이 이 간악한 놈과 같으나 속마음은 아주 딴판입니다. 만물의 영장인 인간도 오히려 착한 사람과 악한 사람의 구별이 있는데 어찌 짐승이라고 어질고 간사한 구별이 없겠습니까? 이놈의 간악하기란 세상에 짝이 없으므로 저는 이놈과 무리를 짓는 것을 부끄럽게 여깁니다."

창고신이 족제비와 두더지의 공술을 듣고는 옥에 가두어놓고 계속 쥐를 문초한다.

"세상에 생김새는 같으나 마음이 다른 것이 얼마든지 있다. 내가 네놈을 미워하는 것은 너의 얼굴이 아니라 바로 너의 마음이다. 너의 털과 가죽도 저들과 같고 네놈의 허울과 몸집도 저들과 같다. 기어 다니는 것도 저들과 같고 깊숙한 굴속에 숨어 사는 것도 저들과 같은데 다만 네놈의 마음만은 같지 않다. 그러므로 네놈은 지금부터 생김새는 비록 다르나 마음이 같은 자를 바로 고해 바쳐야 한다."

늙은 쥐는 분한 마음을 참을 수 없었으나 그렇다고 감히 얼굴에 드러낼 수도 없었다. 그래서 쥐는 다시 '하얀 털 빛깔의 늙은 여우

서옥설

와 얼룩이 삵이 저한테 도둑질을 가르쳐 주었습니다'라고 고해바쳤다. 창고신은 즉각 여우와 삵을 포박하여 끌어와서는 국문한다.

"너희들이 과연 쥐에게 나라 창고의 곡식을 도적질해 먹으라고 가르쳤느냐?"

여우가 먼저 공술한다.

"저 같은 것은 땅에 굴을 파고 지내오며 무덤을 집으로 삼고 삽니다. 몹시 조심하며 항상 사냥꾼의 눈에 뜨일까봐 전전긍긍하오며 알아보지 못하도록 자꾸 형체를 바꾸오니 어찌 아첨하는 재주를 갖출 수 있겠습니까? 물을 건너면서도 의심이 많은데 하물며 먹을 것을 찾는다고 못 갈 데를 가겠습니까? 주박周璞이 간악하기로는 진척秦瘠과 같사옵니다. 너무 급히 말씀 드렸사오나 흑백은 판명될 줄 믿습니다."

다음 삵이 말한다.

"저는 본디 숲속에서 사는 한미한 족속이오며 산골짜기에 몸을 담고 사는 비천한 몸입니다. 항상 배를 움켜잡고 굶주림에 시달리면서 가끔 닭 도적이라는 욕지거리를 듣기는 하지만 지켜야 할 체신은 지키므로 어찌 여우와 그 명성이 같겠습니까? 거친 숲속에 숨어서 때를 기다리고 차디찬 갈대밭에 엎드렸다가 하찮은 짐승이나 잡아먹습니다. 설사 세상에 도움은 못 준다 하더라도 사람들에게 해는 주지 않습니다. 그러하오니 어찌 쥐 같은 놈과 같은 심보를 가졌겠습니까? 쥐란 놈은 저와는 다른 족속입니다."

창고신은 심문을 끝낸 다음 여우와 삵을 옥에 가두고 다시 쥐에게 물었다.

"여우와 삵의 공술은 일리가 있다. 어느 놈이 네놈을 사촉했는지 바로 대라."

이번에 쥐가 '밭고랑에 사는 고슴도치와 바위 밑에 사는 수달이 사촉했습니다.'라고 고해바치자 창고신은 고슴도치와 수달을 포박하여 오게 하고는 문초를 시작한다.

고슴도치가 공술한다.

"저의 몸길이는 한자도 못되옵고 터럭은 가는 바늘과 같습니다. 수많은 절벽에 인적이 드물기에 그 협착한 굴속에서 혈거를 하옵니다. 주린 배를 채우기 위해서는 참외밭에 기어들어가는 것도 꺼리지 않습니다. 다만 때에 따라 몸을 옹크리기도 하고 펴기도 하며 마음대로 커지기도 하고 작아지기도 한답니다. 비록 터럭이 함함하지 못하고 가시 같기는 하오나 입은 지극히 삼갑니다. 고개를 숙이고 있자니 심히 불안스러워 이렇게 고개를 들고 말씀 올립니다."

다음 수달이 말한다.

"저는 물에서 먹이를 구하고 바위 밑에서 사는 천한 족속입니다. 불에 탄 민둥산에 오르면 개를 몰고 오는 사람의 얼굴이 두렵고, 큰 눈이 골짜기를 메우면 팔뚝에 송골매를 올려놓은 사냥꾼이 두렵습니다. 그저 터럭이 좀 좋기 때문에 항상 온몸이 극심한 고통을 면치 못하고 자칫하다간 목숨을 잃게 되옵니다. 그래서 제가 살고 있는 굴을 비밀에 부쳐 왔으나 좀도둑놈의 무고가 이 몸

50　　　　　　　　서옥설

에까지 미치오니 구구히 변명하지 않으려 합니다."

창고신은 국문을 마치고는 고슴도치와 수달을 옥에다 가둔 다음 다시 쥐를 꾸짖는다.

"고슴도치와 수달은 네놈의 범죄와는 아무런 관련도 없는듯하다. 네놈을 사촉한 놈은 따로 있을 테니 어서 빨리 대라."

쥐가 다시 '노루와 토끼가 확실히 저한테 도둑질을 가르쳐 주었습니다'라고 일러바치자 창고신은 이 두 짐승을 동여다 놓고 문초를 시작했다.

"너희들이 쥐한테 도둑질을 가르쳐 주었느냐?"

이에 노루가 공술한다.

"남들은 저의 다리가 멋없이 길다고 조롱합니다만 저는 저의 걸음을 활보라고 자랑합니다. 제 고기가 가끔 사람들의 도마 위에 오르고 솥에 삶기기 때문에 항상 사람들이 교묘하게 쳐놓은 그물에 걸릴까 근심합니다. 저의 본성은 청산을 사랑하고 숲을 좋아합니다. 잔디밭에 누워서 단잠을 자고 연한 풀잎을 골라 뜯어먹고 배를 채울 따름이옵니다. 뜻밖에 이런 봉변을 당하게 되니 이야말로 죄는 도깨비가 짓고 벼락은 고목이 맞는 셈입니다. 쥐의 무고로 인해 오늘과 같은 재앙을 당했으니 하도 억울하여 긴 다리를 구부리고 일어서서 긴 목을 늘여가면서 이처럼 하소연하는 바입니다."

다음에는 토끼가 공술한다.

"사실대로 말씀드리자면 중산中山[12]은 저의 본향이고 동곽東郭[13]은 저의 외가 편입니다. 월궁의 계수나무 옆에서 선약을 찧던[14] 지난 일이 기억에 새로우며 관성[15]의 봉토를 받아 호강하던 옛일이 그립습니다. 저 더럽고 무치한 놈팡이가 거짓말을 꾸며내었으니 이 자리에서 간이라도 꺼내 보여드리고 싶습니다."

창고신은 국문을 마치고 노루와 토끼를 옥에다 가두어둔 다음 '노루와 토끼의 공술이 이와 같다. 누가 네놈더러 곡식을 훔치라고 사촉하였느냐?'라고 쥐를 꾸짖자 쥐가 '사슴과 산돼지가 확실히 저를 사촉했습니다.'라고 고해바쳤다.

창고신은 사슴과 산돼지를 포박하여 놓고 '너희들이 쥐를 사촉한 일이 있느냐?' 라고 물으니 사슴이 공술한다.

"저의 발자취는 산림에 은둔한 처사와 동무했고 저는 산신령과 계약을 맺은 사이입니다. 일찍 주왕의 동산에 자유로이 소요하였더니 소인묵객들은 저를 보고 흥야興也라 부야賦也라[16] 읊었으며 나무꾼들은 생시인가 꿈인가 하였습니다. 그러나 저는 항상 화살

---

12) 중국 당나라 때 사대부 문인 한유의 《모영전毛穎傳》에 의하면 토끼의 조상은 중산에 살았다고 한다.
13) 중국 전국시대 제나라 손우곤이 위왕을 달랜 말 가운데 동곽산東郭狻이라는 것은 천하의 교활한 토끼라 하였다.
14) 옛날 상아(또는 항아라고도 함)라는 여인이 남편 후예가 어렵사리 얻어온 불사약을 훔쳐가지고 월궁으로 도망쳐 올라가서 옥토끼로 하여금 계수나무 아래에서 그 불사약을 찧게 하였다는 전설이 있다.
15) 한유의 《모영전毛穎傳》에 토끼털로 만든 붓끝을 관성(管城,대나무로 만든 붓대를 의미함)에 봉하였다고 한다.
16) 《시경》의 작시법인데 후에 송나라 주희가 《시경》을 주적하면서 부賦, 비比 ,흥興 이 세 가지로 구별해 놓았다.

가진 사냥꾼에게 놀라서 눈앞에 먹을 게 있어도 늘 경계합니다. 꼬리가 짧은 것을 스스로 천하다고 여기오며 허리가 늘씬하게 긴 것도 항상 재앙을 불러오는 근원이 되기도 했습니다. 이렇게 억울하게 끌려든 것도 모두 제가 당한 재앙이오니 이 몹쓸 놈과 이 뿔을 가지고 다투려고도 하지 않습니다."

이어서 산돼지가 공술한다.

"저는 가장 미련하고 들이받기를 잘하기로 이름난 놈입니다. 음식은 더러운 것을 가리지 않고 함부로 먹고 일단 배가 부르기만 하면 주둥이는 뚫지 못하는 게 없고, 달음박질하는 저의 네 다리를 누군들 막겠습니까? 그러나 항상 으슥한 산판을 오르락 내리락할 뿐이고 한 번도 마을이나 저잣거리를 밟아본 적 없습니다. 제가 우둔한 것은 사실이오나 간사하다는 것은 터무니없는 말입니다. 대가리가 쪼개질지언정 어찌 이 억울한 죄목을 시인할 수 있겠습니까?"

창고신은 사슴과 산돼지를 옥에 가두고 '사슴과 산돼지의 진술은 모두 근거가 있으니 과연 너를 사촉한 자는 누구냐? 바로 대라.'라고 다시 쥐를 족치자 쥐는 또 '양과 염소가 저를 확실히 사촉하였습니다.'라고 고해바친다. 창고신은 양과 염소를 포박하여 끌어오게 해서는 '너희들이 쥐를 사촉하여 곡식을 훔치게 했느냐?'라고 물으니 먼저 양이 공술한다.

"저는 뿔 있는 짐승의 하나이나 털 가진 무리에서 보잘것없는 존재입니다. 바위들이 웅기중기한 산속에서 한 무리를 따르면서

살아갑니다. 강기슭의 풀들은 무성하고 사지를 지긋지긋하게 건
들곤 하면 기지개를 켜고는 고요한 풀밭으로 가 다시 잠을 잡니
다. 제 성품이 사납고 악하다고 말하는 이가 없으며 저는 또한 자
신의 몸이 편안함을 가장 흡족하게 여깁니다. 그런데 이와 같이
갑자기 무고를 당하고 보니 청백한 심정은 머리 위의 백일이 빛남
과 같습니다. 만일 제가 이 쥐란 놈이 태창의 쌀을 도둑질한 사
실을 알고 있었다면 신령께서 저를 엄벌에 처하실 겁니다. "

다음 염소가 공술한다.

"저의 털은 한빛이 아니옵고, 저의 고기는 세 가지 희생[17]에 들
어있으므로 저의 운명은 푸줏간에 걸려있습니다. 그래서 늘 삼복
이나 동짓달이 돌아오는 것을 두려워합니다. 입으로는 풀과 나뭇
잎을 뜯어 먹으며 바람비 맞는 것을 두려워하지 않고, 또한 언덕
위에서 잠자기를 즐겨하고, 창고 주변에서 풀 뜯는 것을 좋아하
지 않습니다. 비록 모든 이가 나서서 험구를 하더라도 저에겐 털
끝만한 허물도 없습니다. 어찌 쥐란 저 도둑놈을 제가 사촉할 수
있겠습니까? 이만 말씀 올리겠습니다."

창고신은 국문을 마치고 나서 양과 염소를 옥에 가두고 다시
쥐에게 '양과 염소는 사실 억울하다. 누가 너를 사촉했느냐.'라고
물으니 쥐는 생각하다가 '원숭이와 코끼리가 확실히 저를 사촉했
습니다.'라고 고해바쳤다. 창고신은 원숭이와 코끼리를 포박하여
끌어오게 하고는 '너희들이 쥐를 사촉하여 태창의 쌀을 훔쳐 먹

---

17) 《예기禮記》에 소, 양, 돼지들을 세 가지 희생, 즉 삼생이라고 하였다.

게 하였느냐?'라고 물었다.

이에 원숭이가 다음과 같이 공술했다.

"저는 일찍이 초나라에서 패가망신하고 파산[18]에 은거하여 때때로 슬픈 노래를 불러서 밝은 달밤에 외로이 배를 타고 가는 나그네[19]의 꿈을 깨우기도 하고, 때로는 소슬한 가을바람 불어오는 산협에 귀양살이하는 신하들의 애간장을 끊기도 합니다.[20]나뭇가지를 꺾어 보금자리를 만들고 숲 속의 과실을 따서 허기진 배를 달랩니다. 또한 세상 밖에서 노닐고 있사옵니다. 간혹 인간 세상에 끌려나간다 해도 저의 얼굴은 때로는 새빨개지고 때로는 하얗게 질리기 일쑤입니다."

이어서 코끼리가 공술한다.

"저의 긴 어금니는 보배로 알려졌고 남달리 큰 체격은 세상을 놀라게 합니다. 산악 같이 버티고서면 모든 귀신이 혼비백산하며 질풍같이 달리면 천군만마가 썰물처럼 물러섭니다. 오덕五德을 갖추지는 못했지만 뭇짐승의 왕으로 자처하고 있습니다. 그런데 저는 사악하기로 이를 데 없는 저놈의 쥐와는 수화상극水火相剋이라 저는 아주 질색입니다. 이만 말씀 올리는 바입니다."

창고신은 심문을 끝내고 그들을 옥에다 잡아넣고는 '원숭이와

---

18) 파산巴山은 지금의 중경시, 사천성, 섬서성, 감숙성, 호북성 변계의 산지를 두루 아우르는 산맥의 총칭으로서 그 길이가 무려 2,000여리에 달한다.

19) 당나라 길사로吉師老의 방원放猿시에 '소상강안 가까이 울지를 말라 밝은 달 외로운 배에 나그네 있어라'라는 구절이 있다.

20) 당나라 때 두보의 시에 '원숭이 우는 소리에 눈물 옷자락 적시 누나'라는 시구가 있다.

코끼리는 네놈을 준절하게 꾸짖었다. 진정한 사촉자를 바로 대라.'라고 다시 쥐에게 다그쳐 물으니 쥐는 다시 '늑대와 곰은 확실히 저를 사촉했습니다.'라고 고해바쳤다. 창고신은 늑대와 곰을 포박하여 끌어오게 해서는 '너희들이 쥐를 사촉하여 태창의 쌀을 훔쳐 먹게 하였느냐?'라고 물었다.

이에 늑대가 먼저 말문을 연다.

"저는 어슬렁거리는 걸음걸이와 탐욕스러운 성품 때문에 깊은 산속에 숨어 살면서 세상 사람들의 눈길을 피하려고 합니다. 거친 산속을 헤매면서도 사람을 방어하는 재주를 한 번도 써보지 못했습니다. 무리를 지어 즐겁게 살며 모든 악운을 운수에 맡겼더니 뜻밖에 이런 횡액을 당했습니다. 이를 어찌 꿈엔들 생각하였겠습니까? 부끄럽기 그지없습니다."

그다음 곰이 말한다.

"저는 저의 몸에 난 털이 겨울에도 추위를 막을 수 있으며 또 타고난 힘은 천근의 무게를 능히 들 수 있습니다. 만첩청산의 높은 가지를 더위잡고 집으로 삼으며, 서리와 안개가 끼어도 수림 속에서 굶주림을 당하는 것을 달갑게 여기옵니다. 엄동설한에는 깊은 굴에 찾아들어 발바닥을 핥고 굶주림을 참아가며 지냅니다. 산신령이라고 하는 호랑이와 자웅을 가리려고 하고 다만 동기간에만 서로 구해주려고 합니다. 어찌 저와 같은 족속도 아닌 쥐 같은 미물과 서로 밀모密謀를 하였겠습니까? 이처럼 저의 명예를 훼손하니 그 원한이 뼈에 사무칠 지경이고 송구하다 못해 마음이다 얼어붙는 것 같습니다."

창고신이 곰과 이리를 모두 옥에 가두고 '늑대와 곰의 말을 들으니 거짓말이 아닌 듯하다. 누가 너를 사촉했느냐?'라고 다시 쥐를 문초하니 쥐는 '노새와 나귀가 확실히 저를 사촉하였습니다,'라고 고해바쳤다. 창고신은 노새와 나귀를 잡아다가 뜰 아래에 세워놓고 '너희들이 쥐를 사촉하여 태창의 쌀을 훔쳐 먹게 하였느냐?'라고 물었다.

이에 노새가 공술한다.

"저의 형은 방동方瞳[21]이옵고 아우는 귀가 길다고 장이長耳라고 부릅니다. 늙은 할망구의 요술에 의해 모양새가 거듭 변하여 마구간에서 태어났습니다. 지존의 행색은 이미 파천되었고 궁상스럽게 주막 사이에서 사람을 태우고 오가는 신세가 되었습니다. 제가 발길질하는 것은 두려워할 필요가 없지만 이미 저의 재주로 세상에 알려졌습니다. 저는 스스로 먼 길을 걷는 재주를 지녔다고 자부했는데 이처럼 훼손을 당했습니다. 이렇게 허튼소리로 남을 모함한 자는 죽여야 마땅합니다. 이는 옛날의 법도에서도 그 증좌를 찾을 수 있습니다."

이어서 나귀가 공술한다.

"저는 저의 울음소리로 사람들을 깜짝 놀라게 합니다. 하지만 저의 재주는 이에 그칩니다. 눈꽃이 흩날리는 다리 위에서 매화

---

21) 방동方瞳은 네모난 동공을 가리킨다. 중국 고대에서 방동을 장수하는 사람의 관상이라고 여겼으며 또한 신선으로 여기기도 했다.

를 읊조리는 노옹[22]을 태우기도 하고 봄비가 내리는 마을 동구 밖에서 술에 곤드레만드레 취한 주인을 기다리기도 합니다. 검주黔州에서 변을 당하고[23] 나서는 자기를 단속해야 한다는 교훈을 달갑게 받게 되었고, 저의 우렁찬 울음소리는 매번 이상한 재앙을 불러왔음을 부끄럽게 여기게 되었습니다. 이리하여 홀연히 멍에에 매인 것을 비참하게 생각하게 되었습니다. 저의 울음소리가 듣기 거북해 귀를 막으려 해도 막을 수 없으니 갑자기 성깔이 나서 스스로 뒷발길질을 할 수밖에 없습니다."

창고신은 노새와 나귀의 초사를 받은 다음 그들을 옥에 가두고 '노새와 나귀의 공술은 모두 증거가 있다. 누가 너를 사촉하였느냐?'라고 추궁하였다. 이에 쥐는 '소와 말이 저를 사촉하였습니다.'라고 고해바쳤다.

창고신은 소와 말을 잡아다가 '너희들이 쥐더러 태창의 곡식을 훔치도록 사촉하였느냐?'라고 물었다.

이에 소가 다음과 같이 공술한다.

"저의 조상들은 제나라, 즉묵성에서 불을 무릅쓰고 군공을 세웠고[24] 저의 선조는 일찍이 주나라 도림평야[25]에서 풀을 뜯어먹고 태

---

22) 당나라 시인 맹호연孟浩然이 눈길에 나귀를 타고 매화를 찾아간 적이 있음을 말한 것이다.
23) 당나라 때의 유종원柳宗元의 산문《귀주의 나귀黔之驢》에서 나오는 고사이다.
24) 중국 제나라 장군 전단은 연나라 장수 악의가 제나라를 침공할 때 그는 즉묵성卽墨城을 고수하였다. 제나라 양왕 5년 기원전 279년에 연나라와 싸울 때 소의 꼬리에다 횃불을 달아 매여 연나라 군대를 격멸하고 한꺼번에 70여 성을 도로 찾은 군공을 세웠기에 상국 벼슬에 임명하였다.
25) 중국 주나라 무왕이 은나라 주를 치고 돌아와서 소를 도림桃林에 놓아먹였다는

평세월을 보냈었습니다. 세상이 말세라 제가 기침을 하는 이유를 묻는 어진 정승[26]을 만나지 못하였으며 운수가 사나워 저의 궁둥이를 비방하는 속담[27]이 생기게 되었습니다. 있는 힘을 다해 밭을 갈아 백성을 먹여 살리고 입이 무거워 공로를 자랑하지 않습니다. 코를 뚫린 이 몸은 말이 어눌한 흠집을 갖고 있어 대충 공술하고 이처럼 음매 하고 영각 소리를 낼 따름이옵니다."

이어서 말이 다음과 같이 공술했다.

"저는 옛날 공자가 오문에서 바라보던 한 필 비단의 넋[28]이오며 연소왕燕昭王이 천금으로 사들이던 사마골死馬骨의 풍골입니다. 배불리 먹지 못하여 병든 몸으로 마구간 신세를 지고 있으며 늙어서 쓸데없다고 하니 그 누가 천리마의 재주를 칭찬해주오리까? 건초 위에 누워서 주림을 참으며 흰 구름을 바라보고 슬퍼합니다. 그놈의 말은 그림자를 쏘려는 역충[29]의 버릇이지마는 귓가를 지나가는 한갓 모깃소리입니다. 간악한 정상이 분명하오니 더 의심할 것이 무엇이겠습니까?"

창고신은 소와 말의 공술을 듣고 다소 동정할 마음도 생겼으나 오히려 석방하지 않고 옥에 가두고는 '소와 말의 억울하다는 것

고사가 있다.

26) 중국 서한의 정승이었던 병길(?~기원전55)이 소가 혀를 빼물고 기침하는 것을 보고 그 이유를 물었다고 한다.

27) 속담에 차라리 닭의 입은 될지언정 소 궁둥이는 되지 말라고 하였다.

28) 오문이란 곳에서 공자는 흰빛을 바라보고 말이라 하고 안자는 비단이라 하였다고 한다.

29) 역이란 독충의 사람의 그림자에다 머금었던 모래를 내여 쏘면 사람이 죽는다는 전설이 있다. 일명 사공이라 하고 속칭 수노라고도 한다.

을 나는 다 알았다. 도대체 누가 너를 사촉하였느냐? 바로 대라.' 하고 쥐를 엄하게 꾸짖었다. 이에 쥐는 '기린과 사자가 저를 사촉하였습니다.'라고 고해바쳤다.

창고신은 부적을 써서 신병들에게 주면서 기린과 사자를 잡아들여서는 '너희들이 죄를 사촉하였느냐?'라고 물었다. 이에 기린이 먼저 공술한다.

"저는 발로 생령들을 밟지 아니하고 마음속으로는 남을 죽이려는 악심을 경계합니다. 저는 성인이 태어나는 시절에만 나타나고 공자는 춘추의 붓을 던지고 탄식하였습니다.[30] 삼척동자도 저의 이름을 알므로 한퇴지는 해설을 지어 찬송하였습니다.[31] 저는 스스로 물성物性이 막혔음을 혐오하며 인덕을 구전하게 갖추었기에 어떠한 횡액을 당하여도 보복할 생각을 가지지 않습니다. 더 말해 보았자 입만 더러워지므로 아무튼 현명하신 창고신님께서 잘 분간하시기를 바랍니다."

이어서 사자가 공술한다.

"나는 금천金天의 후손으로서 설산의 정기를 타고났습니다. 한번 포효하면 우레 같은 소리에 온갖 마귀가 놀라 도망하며 때로 도사리고 앉으면 그 위엄 앞에 모든 짐승이 저절로 땅에 엎드립니다. 톱날 같은 이빨은 모진 돌멩이도 능히 물어 끊으며 무쇠 같

---

30) 공자가 《춘추》라는 책을 지을 때 기린을 얻었다는 사실에 대하여 붓을 던지고 탄식하였다고 한다.
31) 당나라 문학가 한유는 《획린해獲麟解》란 글을 지어 기린을 칭찬하였다.

서옥설

은 골격은 어찌 마소의 짐을 지겠습니까? 뜻밖에 봉변을 당하였으니 설분雪憤[32]할 길이 있을 터이니 구차히 변명하기가 도리어 부끄럽습니다!"

창고신은 기린과 사자의 공술을 듣고 한편 신병으로 하여금 지키게 하였다. 그리고 다시 '기린과 사자는 다 점잖은 짐승들인데 너 같은 간악한 놈의 범죄를 사촉할리는 만무하다. 이실직고하지 않으면 곧 능지처참하겠다.'라고 심하게 쥐를 꾸짖었다. 이에 늙은 쥐는 '남산의 범과 북해의 용이 확실히 저를 사촉하였습니다.'라고 무고하였다. 이에 범은 산악이 쩡쩡 울리는 노여운 목소리로 다음과 같이 공술한다.

"저의 배는 육식이 알맞아 늘 살진 짐승을 잡아먹으려 합니다. 벼랑을 찢는 벼락같은 포효소리는 백 리 밖에서도 들리며 수풀을 헤치고 질풍같이 내달아 대낮에도 횡행합니다. 만첩청산이 저의 것이며 천 가지 짐승이 저의 차반이옵니다. 저 추레한 쥐가 개미 같은 미물과 뭣이 다르단 말입니까?"

용은 하늘 높이 날아올라서 큰 소리로 다음과 같이 공술한다.

"저는 하늘의 직무를 대행하므로 용왕의 칭호를 받았습니다. 제가 맡은 소임은 구름을 불러 비가 오게 하는 일이온데, 세상만물은 그 은혜를 입고 있습니다. 때로는 곡식 밭에 이로움을 주고 내가 내린 물로 배들이 짐을 실어 나르기도 합니다. 저의 우둔한 생각으로도 제가 내린 비의 혜택은 온 천하에 골고루 펴져 있습

---

32) 설분雪憤-분한 마음을 풂.

니다. 사람들은 저의 이 덕을 널리 칭찬합니다. 괴상하게도 방아
확에[33] 고인 물에서 일어난 풍파가 세상 밖의 수궁에까지 미쳤으
니 이 어찌 신성함을 모독하고 손상하는 일이 아니겠습니까?"

창고신은 국문을 마치고는 신병들더러 범과 용을 지키도록 명
하고는 쥐를 더욱 의심하면서 크게 노하여 질책하였다.

"남들은 모두 네놈을 간사한 놈이라고 했지만 나는 오히려 그
걸 믿지 않았었다. 하지만 이젠 다 드러났다. 나라 양곡을 도적질
해 먹은 네놈을 당장에 천참만륙할 것이지만 사촉자를 알아내기
위해 잠깐 형벌을 늦추어 이때까지 심문해왔다. 너의 목숨이 지
금까지 붙어있는 것은 실로 천행이다. 너는 마땅히 이실직고하여
야 나의 관대한 처분을 받을 것인데 망측한 심사를 품고 이것저
것 되는대로 끌어대어서 공연히 너의 죄는 더욱 무겁게 되었다.
남의 집 재물을 훔쳐내는데도 공모자가 있거늘 하물며 나라의
창고를 뚫고 그 많은 곡식을 훔쳤는데 어찌 너의 일개 미물의 힘
으로써 할 수 있었겠느냐? 어서 사실대로 고하라. 만일 그렇게 하
지 않는다면 당장 도끼로 너의 목을 치고 칼로 너의 창자를 갈라
맘껏 분풀이하고야 말겠다!"

창고신의 벼락같은 호령에 쥐는 감히 대꾸도 못하고 땅바닥에
납작 엎드려서 곰곰이 생각하였다.

'공술이 장황하면 요령을 잡기 어려울 것이며 끌어대기를 많이

---

33) 방앗공이로 찧을 수 있게 돌절구 모양으로 우묵하게 판 돌. 방앗공이가 떨어지
는 곳에 묻어 그 속에 곡식을 넣고 찧거나 빻는다.

하면 사실을 분별하기에 현란할 것이다. 이것이 옥사를 연장하는 비결이며 죄상을 덮어 감추는 묘책이다. 그러나 뿔나고 갈기 난 짐승들은 완고하고 미련스러워서 끈질기게 변명하고 쉽사리 굴복하지 아니하며 창고신의 노여움이 더욱 심해져 목숨이 경각에 달렸으니 이 판을 당할 바엔 비록 장탕[34]으로 하여금 대신 공술하게 한들 별 묘책이 없을 것이다.

날짐승들은 그 천성이 약하고 궁량 또한 짧으니 나의 재주로 핍박하고 또한 신의 위엄으로 겁을 준다면 그 바람을 타고 날개짓을 하고 비 오는 하늘에서 춤추고 서리 내린 하늘에서도 날아다니고 아침에는 떠들썩하게 지저귀고 밤중에는 소란스럽게 우짖는 녀석들이 어찌 말과 계책을 꾸며내어 내가 쳐놓은 그물에서 벗어날 수 있으랴?'

이렇게 궁리한 쥐는 설설 기어들어 와서는 몸뚱이를 일으키면서 하소연하기 시작한다.

"관대하기로는 한고조[35] 같은 이가 없었건만 오히려 '도적질은 죄를 갚으면 치죄는 하지 않는다.'고 하였습니다. 그러나 우리 현명하신 나리께서는 저의 죄를 처단하지 아니하실뿐더러 비록 국법으로써 수범首犯[36]을 묻기는 하시나 형벌도 아니 하시고 위협도

---

34) 장탕은 전한 때 사람인데 아이시절에 고기를 훔쳐 먹은 쥐를 잡아 그 죄상을 써서 논고한 다음 마루 밑에서 찢어죽였는데 그 글이 노련한 재판관과 같았다고 한다.

35) 한고조의 〈약법삼장〉중에 사람을 상하거나 도적질하면 죄에 저촉된다고 하였다.

36) 공동으로 죄를 범한 경우 발의·주모한 자.

아니하시어 마치 자애로운 부형이 자기 자제분의 조그만 허물을 꾸지람하듯 하니 아! 나리님의 덕택이 아니었더라면 이 늙은것의 족속들은 아마도 이미 멸족지화를 당했을 겁니다. 만일 저의 자식들과 손자들이 일찍 죽지 않았더라면 마땅히 제 손으로 그 녀석들의 가죽들을 벗겨서 나리님의 갓옷[37]을 지어드렸을 것이며 제 수염들을 뽑아서 나리님의 붓을 만들어드렸을 겁니다. 그러나 애석하게도 저의 자손들이 다 없어졌고 저의 일가들도 또한 다 망해버렸으니 죽을 날이 가까운 이 늙은것이 무엇으로써 태산 같은 이 은혜를 갚겠습니까?"

간교한 늙은 쥐는 이렇게 하소연하고 눈물을 줄줄 흘린 다음 다시 두 앞발로 합장배례하고 창고신을 우러러보며 또다시 애원한다.

"재생의 은혜는 비록 갚지 못하오나 밝게 심문하시는 처지에 어찌 감히 꾸며서 말씀드리겠습니까? 저의 입에 오른 여러 짐승들은 모두 영악하고 교활하여 죄상을 은폐하고 사실대로 고백을 하지 않으니 그 구차스러운 모습이야말로 참으로 딱한 일입니다. 이 늙은것이 구태여 그들과 언쟁하고 싶지 아니하오나 가장 한스러운 것은 나리님의 밝으신 안목으로도 오히려 그들의 간흉하고 정직하지 못한 성질을 죄다 들여다보지 못하시는 겁니다. 이 늙은것이 평소에 똑똑히 보고 기억한 바를 진술하여 나리님의 총명과 위신을 도와드릴까 합니다.

---

37) 짐승의 털가죽으로 안을 댄 옷.

대체로 피었다가 시들고 시들었다가 다시 피는 것이 나무의 천성입니다. 그러므로 무심히 피고 무심히 지는 것 또한 자연의 섭리이온데 복사꽃은 요염한 빛으로 사람의 눈을 현혹시키고, 얄망스럽게도 얌전한 자태를 자랑하여 사람의 마음을 산란하게 하오니 저 연꽃의 천연한 태도와 매화의 냉담한 운치와 비교해보면 알 수 있잖습니까? 복숭아나무는 저 스스로 동쪽을 향한 가지가 능히 귀신을 꾸짖어 쫓는다고 하며 무당의 손에 들려 잡신을 상대로 기도하는 데 쓰이고 있으니 그 세상을 기편欺騙[38]하고 백성들을 우롱한 죄를 어찌 면하겠습니까? 더구나 옛날 진나라 백성이 그 가혹한 정치가 싫어서, 만리장성을 쌓는 고역을 피하여 남부여대男負女戴[39]하고 무릉도원이란 별유천지를 찾아 들어가 푸른 산을 담으로 삼아 세상과 멀리했고 흐르는 물을 울바자[40]로 삼아 인간을 막았거늘 다만 요망한 복사꽃이 자기를 심어준 은혜를 저버리고 은자의 종적을 세상에 누설시키려고 시내 물결을 타고 동구 밖으로 나가서 어부의 배를 끌고 들어 왔습니다. 다행히 그곳 은자들이 그물을 쳐서 떠나가려는 복사꽃을 막아서 미연에 방지하였기 때문에 그들이 선계를 찾지 못하여 무사하게 되었거니와 만일 그러하지 않았더라면 그곳에 피해 들어갔던 그네들이 어찌 악정과 고역을 면했겠습니까? '복사꽃 부질없이 심어

---

38) 기인편재欺人騙財-사람을 속이고 재물을 빼앗음.
39) (비유적으로) 가난한 사람들이 살 곳을 찾아 이리저리 떠돌아다니다. 남자는 지고 여자는 인다는 뜻에서 나온 말이다.
40) 울타리에 쓰는 바자.

숨은 종적 드러낸 것이 후회로다'라는 옛날 사람이 시구는 모두 복사꽃의 신의 없음을 미워하고 원망하는 뜻을 담은 게 아니겠습니까?

버드나무로 말하면 아름다운 열매를 맺지 못하고 한낱 길다란 실버들 가지만을 자랑합니다. 그 바탕이 시들기 쉬워 남보다 먼저 이른 가을에 낙엽이 지고 그 성품이 연약하여 큰 기둥이나 대들보감에 적당치 않습니다. 부질없이 궁중 비첩으로 하여금 가는 실버들을 더위 잡고 마음을 산란케 하였으며 규중의 앳된 아낙네로 하여금 나긋나긋한 실버들 가지를 만지작거리면서 마음이 싱숭생숭하게 하였습니다. 하물며 변경[41]에 심은 이후 수나라 황제로 하여금 망국의 풍류에 빠지게 하였으며 고도에 휘늘어져서 항상 나그네의 시름을 자아내게 합니다. 옛날 사람의 시구에 '도성의 버드나무, 사람의 마음 정녕 속상하게 하누나'고 하지 않았습니까. 이와 같은 세상 사람들의 평판을 보더라도 복사꽃과 버드나무가 모두 상서롭지 못한 나무이고 미덥지 못한 물건이란 것은 더욱 명백하지 않습니까?

문신과 호신은 모두 하늘의 명령을 받아 각기 그 직분을 지켜야 할 것인데 그들은 어리석은 백성을 유혹하여 옳지 못한 제사를 사사로이 받아먹으며 싸늘한 술잔과 지짐 조각으로 게걸스레 배를 채우는 반면에 탐관오리가 장부를 농간하여 나라의 양곡을 도적

---

41) 중국 수나라 수양제(569~618)가 해하, 황하, 회하, 장강이 서로 통하는 큰 운하를 만들기 위하여 1,300리 긴 둑을 쌓고 길가에 버드나무를 심었는데 그것을 변제汴堤라고 이름 지었다.

질하는 것은 전혀 보살피지 않았습니다. 이와 같이 큰 도적놈들에게는 눈을 감고 도리어 이 늙은 미물에게 덤터기를 들씌우니 저의 원통한 사정은 그만두고라도 그들이 나라를 병들게 하고 직분을 지키지 않는 독직죄瀆職罪[42]는 어찌 불문에 부치고 말겠습니까?

고양이로 말하면 주인의 대궁[43]에 배부르고도 오히려 주인의 쉰음식을 핥아 먹으며 거처와 숙식을 사람과 같이하면서도 처마 밑 제비 새끼와 기와 골 새 새끼와 비둘기를 샅샅이 뒤져 삼켜먹어 배부르지 않은 때가 없습니다. 그래도 아직 부족하여 불쌍한 저희 무리에 군침을 흘리며 씨를 남기지 않으려 하오니 그놈의 탐욕이란 한량 없다는 것을 가히 추측할 수 있습니다. 또 자식 사랑하는 마음이야 사람이나 짐승이나 매일반인데 고양이란 놈은 제 새끼를 잡아먹으니 이는 천리를 어기는 겁니다. 그 잔인한 성질이 어찌 이럴 수 있겠습니까?

그리고 개로 말하면 그 치졸하고 사나운 성품이 만물 중에 가장 말짜입니다. 그 실례를 한두 가지 든다면 요임금[44]은 천하 대성이건만 도척을 위해서 도리어 요임금을 향해 짖어대며 눈빛[45]은 무엇이 놀랍기에 괴물을 본 듯이 컹컹 짖어대기만 합니까? 개란 놈

---

42) 공무원이 지위나 직무를 남용하여 저지르는 죄. 직권 남용죄, 직무 위배죄, 뇌물죄 따위가 있다.
43) 먹다가 그릇에 남은 밥.
44) 《사기》에 괴철이란 변사가 말하기를 도척盜拓의 개가 요임금을 보고 짖는 것은 어질지 않아서가 아니라 개 주인이 아닌 때문이라고 하였다.
45) 중국 남방인 월나라 지방은 눈이 적게 오므로 그곳 개들은 눈을 보고 짖는다고 한다.

의 우둔하고 무지하기가 대개 이러합니다. 하물며 진나라 궁중에 들어가서 여우 갖옷을 훔쳐 내어 궁첩의 마음을 사가지고 맹상군 孟嘗君을 위기로부터 탈출케 하였으니[46] 수단의 교활한 자로서는 세상에 그놈 같은 것이 없는데 이 세 가지의 간사한 꾀는 살짝 감추고 도리어 이 늙은것을 우롱하였으니 어찌 그다지도 낯가죽이 두껍습니까? 실로 포복절도할 일입니다. '개처럼 구차하고 개처럼 훔친다'는 옛말이 개란 놈의 심보를 그대로 그려낸 겁니다.

다시 말씀드립니다만 족제비로 말하면 그 경솔하고 간사하기가 길짐승 중 제일입니다. 그놈의 버릇을 낱낱이 들어 말씀 올릴 수는 없고 다만 그의 살림살이에서의 악행만을 한 가지 말하려 합니다. 가을에 서리가 내려 모든 열매가 익게 되면 족제비는 많은 계집들을 꾀여 들어 한방에 살면서 유난스레 정다워하여 백년해로할 듯이 꾸며대니 마음이 약한 뭇 계집들은 속을 다 털어 바치고 온갖 시중을 들어줍니다. 그러면 이놈은 그들을 앞뒤에 달고 깊은 숲을 찾아가 도토리를 줍거나 혹은 남의 과수원에 기어 들어가 밤을 따놓고 그들을 독촉하여 자기 굴 집에까지 날라다 쌓아두게 한답니다. 그리고는 혼자 생각하기를 아홉 아내의 하루 양식은 나의 아흐레 먹을 양식이니 내 일신을 봉양하는 데는 아내 하나로 만족할 것이다 하고 이에 그 여덟 아내는 쫓아버리고

---

46) 맹상군은 중국 전국시기 제나라의 귀족으로서 전국시기 사공자四公子의 한 사람이다. 그의 한 시종이 맹상군을 진나라로부터 탈출시키기 위하여 개로 가장하고 진나라 고간에 들어가 여우 갖옷을 훔쳐냈다. 그것을 진왕의 애첩에게 뇌물로 주고 맹상군을 탈출케 하였다.

한 아내만 데리고 있습니다. 이렇든 박정한 놈이 무슨 짓인들 못하겠습니까? 저에게 나라 곡식을 훔쳐 먹으라고 사촉한 것은 오히려 그놈의 사소한 일입니다.

두더지로 말하면 그놈의 성질은 본래 음침하고 마음씨는 곧지 못합니다. 세상 만물이 모두 하늘과 땅의 정기를 받아 생겼으며 해와 달의 빛을 기꺼이 받사오나 두더지만은 하늘을 보면 숨고 햇빛을 만나면 피하여 몸을 웅크리고 대가리를 움츠려 땅 밑으로 기어 다니오니 그 종자의 비천한 것이 비할 데 없습니다. 그 언젠가 그놈이 저의 집에 혼인을 청하기에 저는 문벌이 맞지 않으므로 당장 거절하였습니다. 그놈의 행실이 이러하오니 그 나머지는 더 볼 것조차 없습니다.

여우로 말하면 본래 간사하고 더러운 종자로서 환형, 화신의 요술을 가졌습니다. 사람의 무덤을 파 뒤져 시체를 뜯어먹고 그 머리빡을 훔치며 그 형체를 빌어서 남자를 만나면 여자로 나타나고 여자를 만나면 남자로 나타나서 고운 얼굴로 꾀이며 교묘한 말로 유혹합니다. 혹은 그 사람의 넋을 빼앗아 등신으로 만들며 혹은 그 사람의 목숨을 해쳐 육신을 밥으로 삼으니 그놈의 장기는 사람을 상하게 하고 물건을 해롭게 하는 것뿐입니다.

삵으로 말하면 모든 행동이 오직 여우를 본받고 못하는 것은 요술뿐입니다. 그러나 밤을 타 남의 눈을 피하여 인가에 들어가 고기반찬을 훔쳐 먹고 집짐승을 잡아먹으며 홰의 닭과 우리의 오리를 죄다 물고 갑니다. 그놈의 행실을 본다면 백성들에게 끼친

서옥설   69

피해가 적잖습니다.

고슴도치로 말하면 체구는 작아 비록 굴러가는 풋밤송이 같으나 속은 매우 간교하고 꼼꼼합니다. 혼자 있을 때면 목을 늘이고 산기슭에 누워 있다가 사람을 보면 곧 몸을 웅크리고 나뭇잎 사이에 숨어 버립니다. 밭이랑에 열린 참외를 제 손으로 가져갈 수 없으므로 어린아이 업듯이 뒷등에 짊어지고 달아나며 나뭇가지에 달린 과실을 제 재주로 따낼 수 없으매 족제비나 두더지의 보금자리를 엿보아 도적질해 먹고 있으니 그 간사한 버릇은 여우나 삵과 별로 다르지 않습니다.

수달은 그 족속이 몹시 번성하여 물과 뭍에 퍼져 살고 있습니다. 약삭빠르고 재치 있는 것을 스스로 자랑하며 산림에 횡행하여 약한 놈을 침해하여 마음대로 잡아먹습니다. 그러나 그놈의 긴 털가죽이 방한에 필요하기 때문에 사람들은 모두 보기만 하면 놓치지 않고 활로 쏘고 밧줄로 잡아 동입니다. 원래 그놈은 성질이 경망스러워 억지로 살려고 이리 뛰고 저리 뛰며 달아나니 사냥꾼들은 그놈을 쫓아서 온 산판에 불을 질러 그 피해가 여러 짐승들에게까지 미칩니다. 제 일신을 위하여 남의 생명을 전연 돌보지 아니하므로 많은 짐승이 모두 그놈의 이기심에 이를 갈고 있습니다.

노루로 말하면 부드럽고 연한 풀잎으로 족히 배를 채울 수 있고 우거진 수풀에 몸을 숨기는데 밤이면 산길로 내려와서 밭고랑마다 보리 싹을 뜯어먹고 볏모를 짓밟아서 농민들로 하여금 양식을 잃고 주림에 허덕이게 하니 이 늙은것이 창고바닥에 널려진 낟알들을 주워먹는데 비교하면 그 어느 것이 더 몹쓸 일이며 더 해로운 짓거리입니까?

토끼는 옛말에 입으로 새끼를 토해서 낳는다 하오니 그것이 해괴한 씨종자일 뿐 아니라 그 성질은 더욱 교활하여 작은놈으로 큰놈을 겨룹니다. 범을 만나면 '아저씨' 하고 아첨하며 그물에 걸리면 파리를 불러 구더기를 슬게 하여 독수리 같은 놈을 속여서 화를 면하고 큰 자라를 속여 강을 건너기도 합니다. 그 간사하기가 이러하오니 어찌 자기의 죄행을 똑바로 자백하겠습니까?

사슴은 본래 아무런 지혜와 꾀도 없는 놈으로서 공연히 젠 척하여 산중 은사의 벗으로 자칭하면서 항상 사냥꾼의 음식을 훔쳐먹으니 이는 도적의 행실입니다. 신선의 짝으로 자처하면서 자주 농민의 화망에 걸리니 그 행동이야말로 비루하기 막심합니다. 그놈의 공술이 아주 허황하기 그지없사오니 이건 제 깜냥을 모르는 놈입니다.

산돼지의 그 완고하고 우둔한 꼬락서니란 차마 눈뜨고 바로 볼 수 없는 물건입니다. 뭣이든 들이받는 저돌적인 만용만을 믿고 모든 걸 한입에 삼키려는 욕심에 못 견뎌 바위 뿌리와 나무를 잡아빼고 큰 뱀과 독사마저 잡아먹으며 콩 낟가리, 팥 낟가리 서속黍粟[47]더미에 주둥이를 박고 양껏 포식하오니 도적놈으로선 더 말할 나위 없습니다.

___
47) 기장과 조를 아울러 이르는 말.

양과 염소는 백성들이 산업을 위하고 나라를 위하여 희생으로 쓰기 때문에 창고 부근에 살고 있는 사람들이라면 그 누구랄 것 없이 다 기르고 있습니다. 창고에 곡식을 들이고 내고 하는 판에 제 먹을 양식은 저절로 떨어지므로 그놈의 한 점 살과 한 줌 털이 모두 창고의 혜택을 입고 자란 겁니다. 그럼에도 불구하고 이 늙은 것이 오랫동안 창고 안에 살면서 항상 아침저녁으로 목격한 바이온데 그 두 놈은 용하게도 구멍을 찾아 들어와서 꼬부랑 뿔로 곡식 섬을 쿡 찔러놓고는 주르륵 쏟아지는 낟알들을 뾰족한 주둥이로 나불나불 주워 먹는 것이 하루에도 몇 번입니다. 창고의 쌀이 축난 것은 그 원인이 적잖게 그 두 놈의 소행에 있습니다. 그러나 그놈들의 공술을 보면 창고 근처에 한 번도 발을 들여놓지 아니한 것처럼 발뺌하오니 이런 간사한 짐승이 또 어디 있겠습니까? 창고신께서는 특별히 밝게 살피시기 바랍니다.

원숭이는 그 천성이 흉내도 잘 내고 게걸스럽게 먹기도 유명한 짐승입니다. 식욕을 채우기 위해서는 제 목숨과 제 무리를 돌보지 않고 덤비는 놈입니다. 이제 실례를 하나 들겠습니다. 원숭이의 성질을 잘 아는 사람들이 원숭이가 모여 있는 곳에 가서 반찬과 술을 차려놓고 즐거운 기색으로 먹으면서 포승으로 동료를 결박했다가 다시 풀어줍니다. 이렇게 여러 번 해서 원숭이들에게 보인 다음 사람들은 모두 그 자리를 비우고 숨어서 엿보고 있으면 원숭이들은 처음엔 사람의 꾀를 알아서 모여들지 않고 그 주위에서 맴돌다가 나중에는 식욕을 참지 못하여 자리에 들어와

서옥설

앉아서 음식을 먹고 술을 마시며 저의 동료들을 결박하여 사람하던 본을 그대로 꼭 모방합니다. 그 틈에 사람들은 벼락같이 출동하여 그놈들을 고스란히 사로잡게 됩니다. 이 한 가지만 보더라도 그놈의 탐욕이 얼마나 심한가를 알 수 있습니다. 창고의 곡식을 나누어 먹자고 이 늙은것을 꾀이던 놈이 이제 와서는 사실을 전혀 모른 체 하니 참말 통분할 일입니다.

코끼리의 몸집은 비록 장대하나 그 마음은 몹시 비겁합니다. 저희들은 또 그놈의 콧구멍에 돌입하여 그놈의 뇌수를 갉아먹어 원수를 갚습니다. 코끼리가 저의 족속을 몹시 겁내는 까닭도 바로 이 때문입니다. 이번 그놈이 이 늙은 것을 헐뜯는 것도 족히 괴이해할 것 없습니다.

늑대는 남을 해치려는 마음이 가장 심한 놈이지만 사람에게 덤벼들 힘은 좀 모자랍니다. 만일 그놈이 맹호 같은 힘을 가졌더라면 살육의 화변이 어찌 호환에 비할 바이겠습니까?

곰은 그 힘이 범과 같고 용맹은 늑대의 류가 아닙니다. 만일 나리께서 그놈의 가죽을 칼로 베지 않고 그놈의 뼈를 불로 태우지 않으시면 좀처럼 자복하지 않을 것입니다.

나귀와 노새로 말하면 그놈들은 힘만을 자랑하고 소리만을 요란스레 지를 뿐이오니 나리께서 엄한 형벌로 다스리면 범죄의 사실을 반드시 실토할 겁니다.

그리고 말과 소는 사람의 채찍에 잘 견디고 사람의 부림에 잘 복종하는 듯하오나 조금만 굴레를 늦추면 곧바로 밭고랑으로 달아나기가 일쑤며 구유에서 벗어나기만 하면 먼저 부엌으로 들어가곤 하오니 먹을 것만 찾고 배부르기만 원하는 비열한 놈들입니다. 하물며 제 주인을 발로 차서 죽이며 제 집사람을 뿔로 받아 해치는 놈까지 있으니 나리께서는 어찌 그놈들을 길들일 수 있고 믿을 수 있는 짐승으로 생각하겠습니까?

기린은 옛날부터 성인군자가 모두 그를 어진 짐승으로 칭찬하고 상서로운 물건으로 규정하였으므로 현명하신 나리께서도 그를 특별히 대우하시며 이 늙은것도 감히 털어서 말하려 하지는 않습니다. 그러나 저의 마음속에 은연히 의심스러운 것은 성인의 시대에 반드시 기린이 나온다는 말이 전하나 옛날 요순은 공자에 못지 않은 성인이었지만 요순시대에 기린이 그의 동산에 깃들었다는 이야기는 듣지 못했으니 그 말은 전연 근거 없는 낭설입니다. 그러니 빈 이름만을 띠고 있는 자에게 나리께서 그처럼 존대를 하시오니 저로서는 더욱이 알 수 없는 일입니다.

사자는 서역에서 생장하였다는 이유로서 신령스럽고 특이한 짐승이라고 일컬으나 천축국에서 나온 불법은 인간의 정도가 아니고 허황한 말로써 백성을 미혹시켜 우상과 잡신을 숭배케 하므로 그곳에 태어난 사자도 불교의 감화를 받아 천상천하유아독존 天上天下唯我獨尊으로 허탕한 큰소리만 치고 있습니다. 사찰에 모셔둔 부처는 사람이 흙과 나무로 만든 것인데 그의 배속에는 삼거웃[48]이 들어있어 가히 공경할 것이 못 되는데 그가 타고 다니

---

48) 삼 껍질의 끝을 다듬을 때에 긁히어 떨어진 가느다란 마른 나뭇가지.

서옥설

던 사자야 더욱 신령스럽지 못할 것은 뻔한 일이 아닙니까, 저희들이 밤을 타서 부처 앞에 벌려놓은 상 음식을 훔쳐 먹어도 아무 말없이 멍하니 앉아있는 등신들입니다. 소위 사자후獅子吼를 한다는 도승道僧들도 목탁을 두드려 염불하면서 속으로는 고운 여자와 맛 나는 고기를 생각하고 있습니다. 사자와 부처는 이처럼 추악한 것들입니다.

끝으로 용과 범은 그들이 신령하고 웅장하지 아니한 바 아니오나 제힘만 믿고 물건을 아까워하지 않으며 핏기 있는 생물은 모조리 닥치는 대로 제 놈의 차반을 만드는 자가 범이 아닙니까? '강철이 지나간 곳'이라는 속담과 같이 사람의 논밭과 농작물을 회오리바람과 억수로 퍼붓는 비로써 순식간에 망쳐버리는 자가 용이 아닙니까? 범의 포악한 성질과 용의 괴덕스러운 심보는 옛날부터 유명한 것이오니 제가 새삼스레 말씀드리지 않으려 합니다. 현명하신 나리께서는 무슨 까닭으로 그들을 존경하시고 믿으시는지! 만일 이 늙은것이 범같이 건장하고 용같이 장대하게 생겼더라면 현명하신 나리께서는 응당 그 외모만 보시고 좀도둑의 누명을 저에게 씌우지 아니하였을 것입니다. 그러나 이 늙은것은 더러운 데서 거처하옵고 몸조차 작아 지극히 슬픈 일입니다.

더욱이 괴이한 것은 이상 여러 짐승들이 하나도 간교하지 않은 놈이 없어서 이 늙은것의 배부르고 배고픔이 그들과는 상관없음에도 불구하고 도둑질하는 재주를 세밀히 가르쳤으며 비밀히 사촉하였습니다. 이제 만일 그놈들의 음해를 겁내어 사실대로 고백

하지 않으면 이는 나리님의 은덕을 잊고 나리님의 생각을 저버리
는 것이오니 어찌 차마 그러오리까?

그 벽을 뚫던 밤을 저희들이 대관절 어떻게 견뎌냈겠습니까. 밤
은 칠흑처럼 어두워 지척도 분간할 수 없었습니다. 그래서 때로
는 굳은 바위에 부딪히고 때로는 굳은 벽에 부딪히기도 하여 어
쩔 방도가 없었습니다. 그런데 이때 홀연히 반딧불이 날아왔습니
다. 그 반딧불은 수풀 속에서 날아왔는데 밝은 불빛을 발산하여
어두운 구석이 모두 밝아져서 그제야 이 늙은것이 굴을 다 뚫어
낼 수 있었습니다. 이로 보아서 저를 사촉한 자가 반딧불이 아니
고 누구입니까? 저의 주둥이는 짧은데 벽은 굳어 안으로 뚫고 들
어가기 어려웠습니다. 사람들에게 들킬까 봐 전전긍긍하는데 갑
자기 수탉들이 일제히 홰를 치면서 꼬끼오하고 울어댔습니다. 이
늙은것은 새날이 밝아온다는 것을 알아채고는 역사를 중단하고
돌아왔습니다. 굴에 들어서자마자 창고에서 순라를 돌고 있는 졸
병들이 몰려왔습니다. 이 늙은것이 수탉울음소리가 경각이라도
지체했더라면 그 졸병들에게 잡혀 죽었을 겁니다. 그러나 저를
사촉한 자가 닭들이 아니고 누가 있겠습니까?”

창고신은 반딧불과 수탉을 잡아들여 ‘너희들이 쥐를 사촉하여
창고 벽을 뚫게 했느냐?’라고 물었다. 이에 반딧불이 아래와 같이
공술한다.

“저는 본래 썩은 풀에서 자라고 거친 숲에 몸을 붙이여 있다가
서늘한 가을바람이 불어오면 두 나래를 펴고 날며 서산에 해가

지면 한 점 불을 켜고 돌아다닙니다. 혹은 서생의 책상에 모여서 촛불을 대신하고[49] 혹은 시인의 옷자락에 앉아서[50] 백발을 비춰줍니다. 그 밝은 빛이 낮을 대신하오니 어느 물건인들 밝혀주지 못하겠습니까? 어두운 데서도 마음을 속이지 않으며 그믐밤에 한 일도 불 보는 듯 환합니다."

이어서 닭이 공술한다.

"저의 직분은 새벽을 알리는 데 있고 그 홰치는 소리는 능히 해를 불러올립니다. 함곡관 중에 전문의 바쁜 걸음을 울어 보냈으며[51] 사주 밤중에 조적의 기쁜 춤을 불러일으켰습니다.[52] 저의 소리를 들으면 군자는 난세에 그 절개를 굽이지 않으며[53] 정숙한 여인들은 남편의 태만을 경계하였습니다.[54] 때를 알리는 평범한 소리가 도적의 범죄와 무슨 상관이 있겠습니까? 뜻밖에 무고를 당

---

49) 옛날에 중국 차윤이란 사람이 집이 매우 가난하여 등잔불을 켤 수 없었으므로 비단 주머니에 반딧불을 넣어 그 불빛으로 글을 읽었다고 한다.

50) 중국 당나라 시인 두보의 시에 '무산 가을밤에 반딧불이 날다가 성긴 발사이로 들어와 사람의 옷에 앉더라.'는 시구가 있다.

51) 중국 전국시기 제나라 귀족 맹상군이 진나라에 갔다가 도망해오는 길에 함곡관에 이르니 관문 지기가 말하기를 문 여는 규칙이 닭이 울기 전에는 열지 않는 다고 하였다. 그래서 그의 수종자 한사람이 닭 우는 소리를 내자 문지기가 문을 열어 무사히 탈출하였다는 고사가 있다.

52) 중국 동진 때 이름난 장수 조적(266~321)이 서진장수 유곤(271~318)과 함께 사주 주부로 친밀히 지냈는데 어느 날 밤중에 시간을 맞추지 않는 닭울음소리를 듣고 이것이 악한 소리가 아니라 난세를 대처하라는 좋은 예고라고 기뻐 춤을 추었다고 한다.

53) 시경 풍우장에 있는 시를 의미한 것인데 '바람비가 오는 밤에도 닭의 제 울음을 그치지 아니하다.'라는 시구는 난세에도 군자가 절개를 변하지 아니하는 것과 같다는 뜻이다.

54) 시경 계명장에 있는 시를 의미한 것인데 춘추시대 제나라 애공이 방탕하고 태만하므로 그의 처 진현비정녀陳賢妃貞女가 그의 태만을 경계한 것을 시로 노래하였다.

하여 슬피 울며 하소연합니다."

창고신은 심문을 마친 다음 반딧불과 닭을 옥에 잡아넣고 다시 쥐에게 질문했다.

"이제 들어보니 반딧불이 빛을 내는 것은 그의 천성이며 닭이 새벽에 우는 것은 그의 직분이므로 너의 범죄와는 아무런 관계도 없다. 그들에 대한 너의 무고는 억울한 것이 명백하다. 너를 사촉한 놈은 과연 누구였느냐?"

이에 쥐가 '달팽이가 침을 흘려 벽을 적셔 주었고 개미들이 흙을 날라주었습니다. 저를 도운 자들은 달팽이와 개미들입니다'라고 고해바친다.

이 말을 들은 창고신은 달팽이와 개미를 잡아다가 '네놈들이 어찌하여 쥐가 나라 창고의 벽을 뚫는 것을 도와주었느냐?'라고 국문하자 달팽이가 다음과 같이 진술한다.

"저는 항상 축축한 곳을 좋아하기에 몸은 마를 때가 없습니다. 묵은 주춧돌과 거친 섬돌에서 푸른 이끼와 함께 배를 붙이옵고 무너진 담과 허물어진 벽에서 침을 흘려 자국을 이룹니다. 혹은 좌우의 두 뿔로써 편협한 분쟁을 풍자[55]하오며 혹은 조그마한 둥근 몸집으로써 야인의 가옥을 비유[56]합니다. 재물을 위해 침을

---

55) 《장자》에 "옛날 '만씨蠻氏'는 달팽이의 왼편 뿔에 나라를 세우고 '촉씨觸氏'는 달팽이의 오른편 뿔에 나라를 세워 땅을 서로 빼앗으려고 전쟁을 하였는데 죽은 시체가 백만에 달하였다."고 했다. 이는 사람이 경쟁하는 바라 좁고 작다는 것을 풍자한 우화이다.

56) 《고금주》에 '시골 사람이 지은 둥근 집이 달팽이 껍질 같으므로 와사라고 부른다.'고 하였다.

흘리지 않으니 어찌 도적의 범죄를 도와주었겠습니까?"

이어서 개미가 다음과 같이 공술한다.

"저희들은 무가[57]의 후예로서 병법을 일찍 배워 항상 튼튼한 진지를 보존하고 옳지 않은 무리를 배척합니다. 송씨의 마루 아래에 서는 대다리(竹橋)의 은혜[58]를 갚았으며 순우분의 해를 입고[59] 저희들은 다만 새 사업을 위하여 창고 밑에서 역사를 시작하였으며 옛 습관을 버릴 수 없어서 벽 사이에서 진법을 연습한 것뿐인데 저 교활한 짐승이 무슨 심보로 이를 보고는 이를 모함의 구실로 삼았으니 여기에 대고 무슨 말을 더 하겠습니까?"

창고신은 달팽이와 개미의 공술을 듣고 나서 그들을 옥에 가두어두고는 쥐를 보고 '두 벌레는 억울하다. 네놈을 사촉한 자는 과연 누구냐?'하고 묻자 쥐가 다음과 같이 꾸며댄다.

"저희들이 굴을 뚫느라고 파낸 흙이 가득 쌓여서 그 흙은 옮겨 가려고 하고 있는데 두 눈이 동그란 고양이 한 마리가 불쑥 튕겨 나왔습니다. 바로 이때 홀연히 소쩍새가 나뭇가지에 날아와 앉아

---

57) 봉건 시기 군사벼슬을 대대로 하는 집안.

58) 중국 송나라 때 송상이란 사람이 있었는데 하루는 어떤 중이 송상을 보고 놀라면서 물었다. '당신의 풍신이 수천수만 백성의 생명을 건져준 사람과 같으니 그 일을 생각해보라.' 송상은 대답하였다. '특별한 일은 없고 며칠 전에 우리 집 마루 아래에 있는 개미구멍이 갑작스레 쏟아지는 비의 침해를 입어 개미떼가 구멍 곁에서 헤매고 있기에 나는 대로 다리를 만들어서 건네준 일이 있었을 뿐입니다.' 그 중은 송상의 이 말을 듣고 기뻐하며 그것이 곧 적선한 것이니 후에 귀히 되겠다고 하였다.

59) 당나라 때의 이공좌李公佐가 지은 전기傳奇《남가태수전南柯太守傳》에 의하면 옛날 중국 순우분이 술을 마시고 늙은 홰나무 밑에 누웠다가 꿈속에 대괴안국에 들어가 왕의 부마가 되어 남가군 태수로 20여 년 동안 부귀를 누리다가 깨여났다는 고사가 있다.

'불여귀不如歸, 불여귀不如歸'하고 울어댔습니다. 그제야 이 늙은 것은 깨달은 바가 있어 잽싸게 도망쳤습니다. 이때 고양이는 날카로운 발톱과 톱날 같은 이발로 이 늙은것의 배후를 막고 다가오는 중이었습니다. 그리하여 이 늙은것이 고양이의 화를 면할 수 있었습니다. 저를 사촉한 것이 소쩍새가 아니고 누구입니까? 큰 돌들이 가득 쌓여 있어 더는 뚫고 들어갈 수 없었습니다. 이때는 기진맥진하여 중도에 그만두려 하였습니다. 바로 이때 앵무새가 갑자기 날아와 '쥐님이여 굴을 뚫으세! 쥐님이여 굴을 뚫으세!'라고 종알거렸습니다. 이 늙은것은 앵무새가 기운을 북돋워 주는 뜻을 알아차리고는 피로를 극복하고 굴 뚫기를 멈추지 않아 끝내 그 굴을 뚫어내고야 말았습니다. 이러하오니 저를 사촉한 것이 앵무새가 아니고 누구겠습니까?"

이 말에 창고신은 그물로 소쩍새와 앵무새를 잡아오게 하여 '너희들이 쥐가 굴을 뚫도록 사촉하였느냐?'라고 국문하자 소쩍새가 날면서 우짖더니 자기의 억울함을 다음과 같이 변명하였다.

"저는 본래 파산巴山[60]에 남아있는 촉나라 임금[蜀帝]의 죽은 넋[61]이옵니다. 그러므로 저는 천생 고국과 마음이 이어져 있사오니 어찌 원한을 품은 마음이 없겠습니까? 달이 공산에서 시름할 때 매양 '불여귀 불여귀'하고 울어댑니다. 이 소리를 듣고는 귀양살

---

60) 파산은 촉나라 산 이름이다.
61) 중국 촉나라 전설에 촉나라 임금 망제의 혼이 두견으로 화하였으며 그 우는 소리가 귀촉도, 불여귀와 같다고 하였다.

이하는 사람은 눈물을 흘리며 오가는 나그네들도 슬퍼합니다. 우는 곳이 정해있지 아니하오니 어느 곳인들 울지 못하겠습니까? 말을 입 밖에 내는 것조차 부끄러운데 소리 내여 우는 것이야 더 말해 무얼 하겠습니까?"

다음으로 앵무새가 공술한다.

"저는 혀를 놀려 말을 잘하고, 지혜로운 마음으로 빈번히 사람들을 깨우쳐 주곤 합니다. 저는 녹의라는 호를 갖고 있고 당명황의 궁중에 시편을 낭송하여 설의녀[62]의 이름을 얻었으며 양씨 가족의 악처를 고발하고 녹의[63]의 칭호를 받기도 했습니다. 주렴발 밖에 서 있는 사환꾼을 불러 들이도 합니다. 찾아온 손님의 말도 저의 통역을 거칠 때가 많습니다. 하지만 가소롭기 그지없군요. 말재주가 좋은 탓으로 누명을 쓰게 되었구만요. 이런 잘못을 범하고도 고치지 못하겠으니 이를 어쩌면 좋단 말입니까?"

창고신은 두견새와 앵무새의 공술을 들은 다음 그들을 옥에 가두어두고는 또 쥐를 보면서 '두견새는 제 나름의 울음을 울었고 앵무새도 제 딴의 말을 하였다. 너를 사촉한자는 과연 누구냐?' 라고 꾸짖어 말하였다. 이에 쥐가 또 다음과 같이 고해바친다.

"늙은것이 날마다 백옥 같은 쌀을 먹고 배를 두드리며 그야말

---

62) 중국 당나라 명황이 흰 앵무새를 궁중에 길러서 말을 가르치며 시편을 두어 번 읽어주면 인차 낭송하므로 이름을 설의녀雪衣女라고 불렀다.

63) 중국 당나라 양숭의의 아내 유씨가 이웃집 이감이란 자와 공모하여 숭의를 죽여 우물 속에 묻은 다음 유씨가 관청에 고소하니 관원이 그 집에 가서 검사하는데 시령 위에 있는 앵무새가 홀연히 말하기를 주인을 죽인 자는 이감이라 하므로 그 말에 의하여 범인이 판명되었다. 당명황은 그 앵무새를 녹의사자로 봉하였다고 한다.

로 늘어진 팔자에 아무 걱정도 없이 지낸 지 오래입니다. 어느 날 아침 인기척도 없이 고요한 가운데 날씨가 매우 좋기에 울적한 회포를 풀기 위하여 잠깐 옛날 은거하던 곳으로 돌아가 보니 꾀꼬리들은 나뭇가지에 날아와 앉아 반가운 표정으로 정다운 노래를 불러주었으며 분결같은 나비들은 꽃 사이에서 쌍 지어 날면서 즐거이 춤을 너울너울 추어 위로해주므로 이 늙은것도 흥에 겨워 한바탕 잘 놀았습니다. 이로 보아 꾀꼬리와 나비가 저를 사촉한 게 아니고 누구겠습니까?"

이 말을 들은 창고신은 나졸을 보내서 꾀꼬리와 나비를 붙들어다 놓고 심문하였다.

"너희들이 저 늙은 쥐의 당류로서 즐겁게 놀았으며 그놈의 죄행을 축복하였느냐?"

꾀꼬리가 다음과 같이 공술한다.

"꽃봉오리들은 붉은 입술을 벌리고 웃음을 띠우며 실버들가지들은 부른 장막을 드리우고 춤을 춥니다. 이러한 시절에 저의 높고 낮은 두서너 소리는 가는 연기에 휘감기며 어여쁜 맑은 울음소리는 늦바람에 실려 갑니다. 저의 고운 목소리는 저녁 바람에 실려 유장하게 울려 퍼지고, 이른 아침에는 궁중에 수심의 소리를 실어가고, 양춘가절陽春佳節에는 뭇사람들이 정과 흥을 불러일으킵니다. 이는 저의 천성이라 그 누구도 빼앗아 갈 수 없습니다. 갑자기 횡액이 들이닥치니 노래를 부르려고 해도 목청이 말을 듣지 않고 노래하는 것이 마치 우는 것과 같사옵니다."

이어서 나비가 공술한다.

"백화가 산기슭에 만발하고 녹음방초綠陰芳草가 강둑에 무르익으면 분결같은 날개는 가벼운 바람을 타고 향기를 풍기며 눈 같은 몸매는 떼를 지어 낙화처럼 춤춥니다. 혹은 여자를 좇아 금비녀의 빛을 빛내오며 혹은 속세를 떠나 칠원의 꿈[64]으로 화하였습니다. 본래 무심한 춤이오니 어찌 유정한 행동이었겠습니까? 몸이 거미줄에 걸린 것 같으오니 누가 이것을 풀어주겠습니까?"

창고신은 공술을 듣고 꾀꼬리와 나비를 모두 옥에다 가두고 나서 쥐에게 물었다.

"꾀꼬리는 제 딴의 소리를 했을 뿐이고 노래라고 하는 것은 사람들이 지어낸 말이며 나비도 제멋대로 날아다녔을 뿐 춤춘다고 하는 것도 사람들의 말이다. 이들이 노래하고 춤추는 것은 자연스러운 것이었느니라. 네놈을 사촉한 자는 과연 누구냐?"

그래서 쥐는 다시 제비와 개구리를 불어넣었다.

"저는 본래 가난한 미물이었으나 창고에 들어가서 벼락부자가 된 이후로 소원 성취하여 수만 석의 책임자로서 범의 눈썹도 그립지 않게 베개를 높이고 즐겁게 살며 아무런 근심·걱정도 없이 지냈습니다. 그런데 한 가지 걱정만이 있었습니다. 그것은 만일 저의 범죄가 발각되어 고자질하는 놈이 있게 되면 어찌하나 하고 골머리를 앓고 있던 때에 홀연히 창고의 남쪽 처마에 한 쌍의 제

---

64) 《장자》에 장주가 꿈에 나비가 되었다는 이야기가 있다. 장주는 일찍이 칠원이란
　지방의 관리로 있던 적이 있다.

비가 날아와 앉아서 저를 향해 정녕 친절한 목소리로 '지지위지지, 부지위부지, 시지야知之谓之子 不知谓不知 是知也'[65]를 몇백 번이고 일러주었습니다. 늙고 투미한 것이 처음에는 무심히 들었으나 제비는 오랫동안 되풀이하여 지저귀기에 비로소 그 뜻을 알아채리게 되었습니다. 그것은, 즉 이다음 불행하게 죄상이 발각되어 관가의 문초를 받을 경우에는 반드시 '부지不知부지'로만 대답하라는 의미인 줄 깨닫게 되었던 것입니다. 개구리도 저에게 한술 더 떠가면서 '독악락여중악락, 숙락独乐乐与众乐乐, 孰乐[66]'이라는 소리를 줄곧 되풀이하였으니 이는 그들이 이 늙은것에게 수만석의 재산을 혼자 먹지 말고 저들과 함께 나누어 먹자는 뜻이었습니다. 이런 것을 미루어보면 저를 사촉한 자들이 제비와 개구리가 아니고 또 누가 있겠습니까?"

이 말을 들은 창고신은 제비와 개구리를 잡아와서 '너희들이 과연 쥐의 간계를 두둔하고 그놈과 곡식을 나누어 먹자고 하였느냐?'라고 묻자 제비가 다음과 같이 공술한다.

"저는 옥란간 위에 둥지를 짓고 봄에는 왔다가 가을에는 돌아갑니다. 진흙을 물어다가 버들숲과 꽃밭을 날아다니다가 오의항

---

65) 《논어》에 있는 공자의 말이다. '아는 것은 안다 하고 모르는 것은 모른다고 하는 것이, 즉 아는 것이다.'라는 의미이다. 그런데 옛날에 글 배우는 아이들이 이 구절을 입빠르게 외여 그 소리가 마치 제비의 소리와 비슷하다고 하여 제비도 《논어》를 읽는다는 이야기가 생기게 되었다.

66) 《맹자》에 있는 글귀인데 맹자가 제나라 선왕에게 '혼자서 듣는 음악의 즐거움과 민중과 함께 듣는 음악의 즐거움에서 그 어느 것이 더 즐거우냐.'고 하였다. 이 문구 역시 빠르게 읽으면 악, 락 하는 소리가 개구리 우는 소리와 비슷하다. 마치 작가는 이 문구를 풀이해서 혼자 먹는 것보다 여럿이 나눠 먹는 것이 좋지 않으냐는 것으로 인용하였다.

에 들어가기도 하였습니다. 두 발에는 사랑하는 두 남녀의 편지를 매달아 나르기도 하였고 언제나 주인집의 은혜를 잊지 않습니다. 지지배배 저의 소리는 얼굴을 붉히진 않았지만 이 마음은 왜 부끄러움이 없겠습니까?"

이어서 개구리가 공술한다.

"저는 장마철이 되어 청조지당에 새로 돋아난 창포가 나풀거리고 비가 내려 물기가 온천지에 가득할 무렵이면 언제나 개굴개굴 소리를 질러댑니다 저의 소리를 듣고 누가 공사公私를 가릴 수 있겠습니까. 다만 밤낮없이 울어대어 시끄럽다고 꺼리는 이들도 있지만 사람들은 저의 모양을 그 소리로 형용하고 있습니다. 그런데 이렇게 억울하게 모함을 당하고 보니 온몸에 땀이 돋아나고 노기가 충천하여 배만 불룩거립니다."

창고신은 공술을 듣고 나서는 제비와 개구리를 옥에 가두고 다시 쥐를 불러 물었다.

"제비가 지지배배 노래하고 개구리가 개굴개굴 울어대는 것은 다 저들의 소리일 따름이다. 계속 입을 놀려대다가는 죄가 더 무거워 지니 사촉한 자를 빨리 대라!"

이에 쥐가 '박쥐와 참새가 실로 저를 사촉했습니다'라고 고해바치자 창고신은 박쥐와 오작을 잡아들여 '너희들이 쥐를 사촉하여 태창의 곡식을 훔치게 했느냐?'라고 물었다. 이에 박쥐가 공술한다.

"저의 발톱은 날카로운 침과 같고 날개는 둥근 양산과 같으오나 항상 출입을 삼가며 또한 고요함을 좋아합니다. 날짐승과 길짐승의 중간에 처하여 양편의 고역을 피합니다. 바람 잦아들고 비 개인 밤이면 공중을 날다가 가끔 사람의 머리를 스치오며 달지고 별 돋는 새벽이면 나뭇가지에 앉아 홀연히 다른 짐승의 해도 당합니다. 쥐와는 가끔 동색[67]의 혐의를 받으오나 사실은 유가 다릅니다. 뜻밖의 일로 이곳까지 잡혀오니 몸이 떨리도록 황송합니다."

이어서 참새가 공술한다.

"저의 지혜는 능히 나무를 가려서 깃들고 마음은 항상 밭에 앉아 지저귀기를 좋아합니다. 마을에 비가 개면 향기가 풍기는 꽃 사이를 날아다니고, 서리가 내린 늦가을에는 조 이삭을 쪼아먹습니다. 새벽에는 시인의 잠을 깨우며 봄철에는 자연을 노래합니다. 구름을 향하여 자유롭게 나는 저희들은 쥐같이 땅에서 벌벌 기어 다니는 무리들을 비웃습니다. 그런데 어찌 화복을 같이 하겠습니까?"

창고신은 국문을 마치고는 박쥐와 참새를 옥에 가두고 계속 쥐에게 따졌다.

"박쥐와 참새의 공술은 비슷하다. 네놈을 사촉한 자는 대관절 누구냐?"

이에 쥐가 '시커먼 까마귀와 희소식을 알린다는 까치가 실은 저를 사촉했습니다.'라고 고해바친다. 창고신은 까마귀와 까치를

---

67) 같은 모양.

잡아다가 너희가 쥐더러 곡식을 훔치라고 사촉했느냐고 묻는다. 이에 까마귀가 먼저 공술한다.

"저는 성곽귀에 깃들이며 옥상을 좋아합니다. 한식날이면 옛무 덤에서 지전을 물고 배회하오며 강촌 저녁에 연기 낄 때면 수풀 을 감돌며 모입니다. 다만 까옥까옥 하고 듣기 거북한 울음소리 를 낼지언정 사람들에게 구걸은 하지 않사오며 때론 수다스럽게 말을 늘어놓기는 하지만 다른 짐승과 싸우지는 않사옵니다. 이것 도 저의 팔자인가 봅니다. 묻고 싶은 것이 있으시면 물으십시오."

이어서 까치가 공술한다.

"저는 지혜롭고 마음이 밝사옵니다. 저의 소리는 명랑하고 꼬 리는 길고 아름다워 구름 위에서 날면 오색이 나고 죄를 사면한 다는 기쁜 소식을 멀리 남녘땅에까지 전해 줍니다. 담장 위에서 한번 우짖으면 기쁜 소식이 북쪽에 있는 절까지 전해집니다. 혹 은 바람을 안다고 자부하기도 하고 둥지를 짓는 재주가 뛰어나다 고 자긍심을 갖고 있습니다. 그런데 이렇게 횡액을 입으니 놀란 마음에 온몸이 떨리기만 합니다."

국문을 마친 창고신은 다시 쥐를 보고 '까마귀와 까치가 억울 함은 내가 잘 알았다. 네놈을 사촉한 자는 과연 누구냐?'라고 묻 자 쥐가 또 '실은 솔개와 올빼미가 저를 사촉했습니다.'라고 고해 바쳤다. 창고신은 솔개와 올빼미를 붙잡아오게 하고는 '너희들이 쥐를 사촉하여 곡식을 훔치게 하였느냐?'라고 국문했다.

이에 먼저 솔개가 공술한다.

"저는 길게 우짖어 비를 부르고 높이 날아올라 하늘에서 소리 지르며 먹이를 발견하면 갑자기 돌멩이처럼 하늘에서 떨어져 내려가 비리고 썩은 고기로 배를 채웁니다. 저의 깃털은 가벼워 드넓은 창공에서 오랫동안 날 수 있습니다. 원추새를 보고는 서로 다투고, 닭을 보고는 가만히 노립니다. 쥐란놈을 도랑에서 낚아채지 못해 태창에 들어가 나쁜 짓을 할 수 있도록 우환거리를 남겨둔 것을 심히 후회합니다. 그놈의 사지를 찢어놓고 저의 날카로운 부리로 실컷 짓쪼아놓고 싶습니다."

이어서 올빼미가 공술한다.

"저는 깊은 수풀 속에 달이 떨어지면 짧은 목을 빼내어 부르짖으며, 교목에 연기가 어두워지면 작은 날개를 푸드덕거리면서 날뜁니다. 사람들은 저의 이 소리를 싫어하여 멀리 이사를 가고, 뭇 짐승들은 저의 모양을 보고는 깜짝 놀라기도 합니다. 바탕은 몹시 미천한 데다가 성품 또한 옹졸합니다. 쥐 같은 놈 때문에 연좌를 당했으니 세밀히 조사해 밝혀주시기를 바랍니다."

창고신은 공술을 다 듣고 나서 솔개와 올빼미를 옥에 가두고는 다시 쥐를 보고 '솔개와 올빼미는 그 모양은 비록 누추하나 그 말들은 정직한 듯하니 네놈을 사촉한 자는 과연 누구냐?'하고 따져 묻는다. 이에 쥐는 '거위와 오리가 저를 사촉했습니다'라고 불어넣는다.

창고신이 거위와 오리가 잡혀 오자 '너희들이 쥐가 곡식을 훔치도록 사촉했느냐?'라고 물으니 먼저 거위가 공술한다.

"제가 요란스럽게 소리를 질러대니 남들은 저의 기다란 목을 보고 웃습니다. 오릉중자는 저의 고기를 토해내고[68] 청렴한 이름을 얻었으며 산음도사[69]는 저의 무리를 선사하고 도덕경을 지었습니다. 맑은 물결에서 목욕하면서 그림자를 희롱하고 햇볕 아래에서 날개를 말립니다. 도적을 잘 지킨다는 칭찬을 들어온 제가 어찌 한 시각인들 도적을 도울 생각을 가질 수 있겠습니까? 머리를 땅에 조아리고 발을 동동 구르면서 하늘에 하소연합니다."

그다음으로 오리가 공술한다.

"저는 못에서 헤엄치고 강호에서 자맥질하면서 놉니다. 만물이 다 일정한 한도가 있어 저로 말하면 다리는 비록 짧으나 마음만은 항상 넓습니다. 비록 두어 길 높이까지 날지는 못하오나 넙죽한 부리로는 마땅한 물건을 능히 잡습니다. 물결을 따라 자맥질하다가도 사람 자취소리만 들리면 이내 날아갑니다. 본디 말이 없는 저로서 어찌 굴속에 사는 미물과 더불어 밀담하였겠습니까? 참혹한 연루를 당했사오니 차라리 솥에 삶겨 죽고자 하옵나이다."

창고신은 공술을 다 듣고는 거위와 오리를 옥에 가두어 넣고는 다시 쥐를 보고 '거위와 오리의 공술은 무죄함이 명백하다. 사촉자를 바로 대라.'라고 하자 쥐가 '뱁새와 비둘기가 저를 사촉했습니다.'라고 찍어댔다. 창고신이 뱁새와 비둘기를 잡아다 놓고는

---

68) 《맹자》에 오릉에 사는 진중자는 거위를 보고 눈살을 찡그리며 어찌 이 꺽꺽거리는 짐승의 고기를 먹을가보냐 하고 무르고 먹었던 거위고기를 토해 버렸다고 한다.

69) 중국 산음의 한 도사는 명필 왕회지에게 《도덕경》을 씌어 받고 거위 한 마리를 선사했다.

'너희들이 쥐가 곡식을 훔치도록 사촉했느냐?'라고 물으니 먼저 뱁새가 공술한다.

"저는 한미한 날짐승으로서 나무에 앉으면 굴밤 딱지만 하고 하늘에 날면 빗방울만 합니다. 쑥대가 들판에 가득 차있어도 제 보금자리는 한 가지밖에 차지하지 못하오며 나락이 밭고랑을 덮어도 두어 알만 먹어도 배부릅니다. 뭇 새가 먹이 때문에 다투는 것을 매양 비웃으며 일신이 주림을 모르는 것을 스스로 자랑으로 생각합니다. 이 욕심 없는 미물이 어찌 탐욕스러운 놈과 상종하겠습니까? 천부당만부당한 말씀이옵니다."

이어서 비둘기가 공술한다.

"저는 깊은 골짜기 시냇물 흐르는 곳에 살구꽃이 만발하면 따스한 볕에 깃을 말리며 가벼운 바람에 몸을 떨칩니다. 맑은 날씨를 부르면서 구구 울기도 하고 저녁노을을 해 가르면서 날아다닙니다. 모양은 노인의 지팡이에 새겼고 이름은 무희의 곡조에 올랐습니다. 제 보금자리 꾸리는 재주도 없는데 남을 꾀일 언변이야 더구나 있겠습니까? 길짐승의 일에 날짐승이 무슨 상관이 있겠습니까?"

창고신은 국문을 마치고는 뱁새와 비둘기를 옥에 가두고는 다시 쥐를 불러 '뱁새와 비둘기의 공술이 심히 명쾌하니 사촉자를 바로 고백하라'고 하자 쥐는 '메추라기와 꿩이 사촉했습니다.'라고 고해바쳤다. 창고신이 메추라기와 꿩을 잡아들여 '너희들이 쥐더러 쌀을 훔치라고 사촉하였느냐?'라고 국문하자 메추라기가 먼저 공술한다.

"저희 족속들은 풀씨나 들 열매를 먹고 갈대뿌리에 깃들입니다. 행길가의 먼지 속에 엎드렸다가 네발 가진 짐승에게 혹시 짓밟히며 꿩고기와 비슷한 맛있는 맛을 가졌으나 채신머리는 조금 다릅니다. 세상은 넓지만 백 걸음을 날지 못하오며 구차한 살림이지만 불만이라곤 없습니다. 흔들어댈 꼬리마저 없사오니 다만 두 눈을 동그랗게 뜨고 바라볼 따름이옵니다."

이어서 꿩이 공술한다.

"현란한 제 풍채는 미물 중에서 뛰어나며 끽끽거리는 목청은 누구와도 속삭일 수 없습니다. 성인이신 공자님께서는 저의 육미에 감탄하셨고[70] 제왕은 의복에 수놓았습니다. 저의 살코기에 군침을 흘리는 자가 많으므로 목숨 보전하기에 한시인들 마음 놓을 날이 없습니다. 늙은 쥐의 주둥이가 범의 아가리보다 더 흉악하오니 이 모든 게 팔자소관이라 죽음을 각오합니다."

창고신은 심문을 마치고 메추라기와 꿩을 옥에 가두어둔 다음 다시 쥐에게 '메추라기와 꿩은 너와 아무런 상관이 없었던 것이 분명하다. 사촉자를 바로 대라.'라고 다그쳐 물으니 쥐는 '매와 새매가 저를 사촉했습니다.'라고 를 고해바친다.

창고신은 매와 새매를 잡아다 놓고는 '너희들이 쥐더러 쌀을 훔치라고 사촉했느냐?'라고 국문하자 매가 먼저 공술한다.

---

70) 《논어》에 나오는 말이다.

"저는 기운이 호건豪健[71]하고 마음이 모질며 주리면 사람에게 붙어있고 배부르면 제대로 날아가 버립니다. 서릿바람이 불면 갈색 날개를 푸드덕거리며 수풀 속을 날아 스쳐지나며 석양이 비끼면 누른 개를 따라 골짜기로 잡아들어 갑니다. 위엄은 넓은 들판을 떨치며 살기는 높은 창공을 뒤흔듭니다. 비록 모진 범이라도 문득 넋을 잃는데 하물며 보잘것없는 미물이야 어찌 감히 독설을 놀리겠습니까? 그 늙은 놈을 갈기갈기 뜯어버리지 못한 것이 통분하오니 결코 더는 말하지 않겠습니다."

이어서 새매가 공술한다.

"저는 뜻이 큰데 있지 아니하옵고 욕심은 쉽사리 채워집니다. 창공을 쪼개는 날개는 쏜살보다 더 빠르며 수풀을 진동하는 휘파람은 어느덧 자취를 감춥니다. 한 끼니도 못될 한 마리 고깃덩어리를 찾기 위해 쏜살같이 내리꽂히면 들판의 뭇 새들이 모두 놀라곤 합니다. 다만 날짐승 몰아치기를 일삼았는데 어찌 길짐승과 같이 함정에 빠질 줄 생각했겠습니까? 하늘을 찌를 듯한 노기에 긴 사연을 다 말씀 드릴 수가 없습니다."

창고신은 공술을 다 듣고 나서 매와 새매를 옥에 잡아 가두고는 '매와 새매는 조류의 호걸이니 너같이 썩은 놈과 관계할 리가 만무하다. 어서 사촉자를 바로 대라.'라고 쥐를 추궁하니 늙은 쥐는 다시 기러기와 고니를 사촉자라고 고해바쳤다.

먼저 기러기가 공술한다.

---

71) 아주 세차고 굳세다.

"저는 강남의 드넓은 들과 새북塞北의 드넓은 하늘을 자유로이 오고 가며 살아오고 있습니다. 추위에 놀라는 꿈은 갈대 언덕에서 깨오며 달밤에 나는 그림자는 가을들에 비끼며 저의 울음소리는 끼룩끼룩 교외의 논벌에 울려 퍼집니다. 삼삼오오의 행렬은 형제의 차례를 온전히 지키며[72] 정정당당한 형세는 대오의 진법[73]을 엄숙히 따릅니다. 항상 사람의 화살을 피하였더니 불행히 잔고기 잡는 그물에 걸렸습니다. 진작 멀리 날지 못한 것이 한스러워 차라리 속히 죽기를 원합니다."

이어서 고니가 공술한다.

"저는 어지러운 세상과 멀리 떨어져 있기를 좋아하며 뜻은 멀리 구름 밖에 노닐기를 즐겨합니다. 천지는 넓어도 의탁할 곳이 없고 일월이 어두워 고결한 생각을 가집니다. 양지를 좇아다니는 새들과 짝하기를 즐기오며 진흙에 헤매는 벌레와 짐승과는 사귀기를 부끄러워합니다. 뜻밖의 허물을 입으매 차라리 변명하지 않으려 합니다."

창고신은 국문을 마치고는 기러기와 고니를 옥에 가두고는 쥐를 보고 '기러기와 고니는 본래 정직한 이들이니 결단코 너의 죄행에 결탁하였을 리가 만무하다. 사촉자를 바로 대라.'하고 족치니 늙은 쥐는 황새와 들오리를 끌어댔다. 창고신이 황새와 들오리를 잡아와서 '너희들이 쥐를 사촉하여 쌀을 훔치게 했느냐?'라

---

72) 형제간을 안행이라고 한다.
73) 기러기 떼가 날아가는 모양이 군대행진과 같다는 뜻이다.

고 묻자 황새가 먼저 공술한다.

"저는 야외에서 한가로이 물을 마시고 먹이를 찾으며 살아갑니다. 날이 저물면 강가의 나무에서 항상 깃들며 비가 개면 언덕 밑 갈대밭에서 조용히 거닙니다. 그러나 저는 항상 젊은 녀석들이나 길 가던 행인들이 돌을 던져 해를 입을까 근심합니다. 스스로 자성하여 마음속에 아무 부끄러움이 없으니 밖에서 오는 말썽을 어찌 걱정하겠습니까."

다음에 들오리가 공술한다.

"저는 사람들이 모두 천하다 하오나 저의 야성은 사람들에 의해 길들여지지 않습니다. 달이 차가운 들녘에 기울어지면 새벽안개를 뚫고 서로 부르며 하늘이 가을 물과 잇닿으면 저녁노을과 함께 가지런히 하늘로 날아오릅니다. 이 몸은 도롱이를 걸친 늙은이와 친하오며 걸음걸이는 문부文簿[74]를 안은 아전과도 같습니다. 요망한 괴물이 허망한 말썽을 일으켰으나 옥같이 조촐한 마음이오니 목에 칼이 들어온들 무엇이 겁나겠습니까?"

창고신은 국문을 마치고는 황새와 들오리를 옥에 가두고 다시 쥐를 보고 '황새와 들오리는 너와 하등 관계없으니 너를 사촉한 자는 따로 있을 것이다. 어서 바로 고백하라.'라고 묻자 늙은 쥐는 '갈매기와 해오라기가 저를 사촉했습니다.'라고 고해바쳤다. 창고신은 갈매기와 백로를 잡아다가 '너희들이 쥐더러 쌀을 훔치라고 사촉했느냐?'하고 물었다.

---

74) 나중에 자세하게 참고하거나 검토할 문서와 장부.

이에 갈매기가 먼저 공술한다.

"저는 세상을 잊고 물을 즐기는 버릇이 있습니다. 적선[75]은 시에서 저와 더불어 친하기를 원한다 하시었고 어부도 저와 함께 놀기를 즐겨합니다. 모래톱에서 달과 벗하여 졸며 갯가에서 비를 맞으며 노닙니다. 쥐와 갈매기는 본디 무리가 달라 마치 속인과 신선이 서로 아랑곳하지 아니함과 같습니다."

이어서 백로가 공술한다.

"저의 흰 깃털은 서리가 내린듯하고 깨끗한 흰옷은 마치 백설이 덮인듯하옵니다. 쪽빛 풀밭에 내려앉으면 사람들은 멀리서도 쉬이 제 모습을 가려내오며 눈빛 같은 마름꽃에 가까이 다가가더라도 고기떼는 피하지 않습니다. 다리목 아침볕에 긴 옷을 쪼이며 가을철 나루터의 저녁 백사장에 외발로 서 있습니다. 창파에 깨끗이 씻은 몸으로써 어찌 똥거름에 뒹구는 무리와 공모할 수 있겠습니까. 목을 길게 늘여 말씀드리게 되니 마치 낚시에 걸린 물고기와 같습니다."

창고신은 갈매기와 백로를 옥에 가두고는 쥐를 불러 '갈매기와 백로는 강호의 새들이니 네놈과는 겨룰 수 없다. 과연 너를 사촉한자는 누구냐 바로 대라.'하고 족쳐대자 늙은 쥐는 '골새와 독수리가 저를 사촉했습니다.'라고 고해바쳤다. 창고신은 골새와 독수리를 잡아다가 '너희들이 쌀을 훔치라고 쥐를 사촉했느냐?'라고

---

75) 원래 뜻은 재간과 학식이 출중한 사람, 하늘에서 벌을 받아 인간 세상에 내려온 신선을 말하는데 여기서는 이백을 가리킨다.

묻자 골새가 먼저 공술한다.

"저는 모진 새의 족속으로 힘은 돌격을 잘하는 것으로 뽐내며 나는 기세는 질풍과도 같습니다. 굶주려도 잡았던 새를 게걸스레 먹지 않으니 유종원은 옳게 여겨 기록했고[76] 병들어 세상 사람들의 업신여김을 받았으니[77] 두자미는 시를 지어 저를 위로하였습니다. 위엄 있기로 이름난 매도 아이처럼 대하오며 날쌔기를 자처하는 화악의 새매도 종으로 부립니다. 요망한 미물이 저를 공모자로 끌어넣었으니 통분하기 그지없습니다마는 족히 입을 열어 말할 것이 못됩니다."

이어서 독수리가 공술한다.

"저는 큰 바위틈에 보금자리를 틀고 살며 높은 창공을 놀이터로 여깁니다. 몸을 솟구쳐 날개를 펼치면 그림자는 대낮의 구름장을 이루오며 위엄을 떨쳐 바람을 헤가르면 휘파람은 청산의 깊은 숲을 진동시킵니다. 사람도 머리를 채일까 봐 두려워하거늘 어찌 낯짝을 감히 나타내겠습니까? 천근의 화살로써 한 개의 미물을 쏘아 죽이는 것은 부끄러운 일이오나 이런 욕을 당하고 보니 진작 죽여 버리지 않고 남겨둔 것이 그저 후회막급할 따름입니다."

국문을 마친 창고신은 골새와 독수리를 옥에 가두어 넣고 늙

---

76) 중국 당나라 문학가 유종원(777~819)의 설골에 장안 천복사 석탑 위에 골새가 집을 짓고 살면서 겨울이 되면 반드시 새 한 마리를 잡아다가 온기를 취하고 아침이 되면 그 새를 도로 놓아 보냈다고 하였다.

77) 중국 당나라 두보의 〈골새의 노래〉에 '병든 골새 날아가니 세상 사람들이 업신여기더라' 라는 시구를 인용한 것이다.

은 쥐를 불러 '골새와 독수리는 비록 모진 새들이지만 너같이 간사하고 좀스러운 짓을 했다는 말은 일찍이 들어본 적 없다. 너를 사촉한 놈이 과연 누구냐? 어서 바로 고백하라.'고 호령하였다. 이에 늙은 쥐는 '비취와 원앙이 저를 사촉했습니다'라고 고해바쳤다. 창고신은 비취와 원앙을 잡아다가 '너희들이 쥐를 사촉했느냐?'라고 물으니 비취가 공술한다.

"저는 염주炎州에 사오며 영교靈嶠에 서식하고 있사옵니다. 아름다운 빛깔은 세상에 유명하여 보석에도 제 이름을 가진 비취석이 있으며 찬란한 자태는 비단에 수놓아서 귀인들의 옷에 돋쳐 있습니다. 아름다운 바탕은 노리개도 되고 인가의 비단, 농속에 깃들며 혹은 강호의 봄 구름 위에서 날며 기뻐합니다. 경망스럽게 날기를 스스로 경계하며 함부로 지껄이는 것을 삼갑니다. 이같은 무고를 당하여도 오히려 수치를 씻지 못하니 당하고 있는 수모가 적지 않습니다."

이어서 원앙이 공술한다.

"이 몸은 한수漢水에 노닐어 이름이 《시경》에도 올랐습니다. 포구에 해가 밝게 비치면 어미는 새끼들을 데리고 헤엄치오며 비그치면 비단 물결에 암놈 수놈 짝지어 자맥질합니다. 찬란한 날개는 귀한 문채를 사랑하는 시인이 읊었으며[78] 곧은 절개는 두 남편을 섬기는 여자를 부끄럽게 합니다.[79] 제 짝밖에 모르는 순결한

---

78) 중국 고악부에 원앙의 문채를 노래한 시가 있다.
79) 원앙새는 암컷, 수컷이 금슬이 좋기로 유명하다.

서옥설   97

마음으로써 어찌 남의 더러운 행동에 간여하겠습니까? 뜻밖에 중상中傷을 입었으니 통촉하여 주시기 바랍니다."

국문을 마친 창고신은 비취와 원앙을 옥에 가두어두고 다시 늙은 쥐를 보고 '그 두 새는 바탕이 아름답고 성질이 정직하고 순결하니 너같이 추악한 놈과 상관했을 리 만무하다. 어서 빨리 너를 사촉한 놈을 고백하라.'고 추궁하였다. 이에 늙은 쥐는 '교청鵁鶄[80] 과 비오리가 저를 사촉했습니다.'라고 불어댔다. 창고신은 교청과 비오리를 잡아다가 '너희들이 쥐더러 곡식을 훔치라고 사촉했느냐?'라고 국문하니 교청이 먼저 공술한다.

"저는 뾰족한 입술에 붉은 연지를 찍고 부드러운 털에 아름다운 푸른 광채로 장식하였습니다. 그윽한 시내에 화창한 날씨면 푸른 물결을 타고 짝을 부르며 꽃다운 둑에 풀이 자라면 가랑비에도 무리 지어 노닙니다. 개구리밥 밑에 숨어있는 고기를 엿보며 이끼 속에 떠도는 새우를 주워 먹습니다. 푸주와는 인연이 없으니 그물에 걸릴 것을 근심인들 하였겠습니까? 원통함을 하소연하지 못하여 온몸이 창백하여집니다."

이어서 비오리가 공술한다.

"봄 강에 물결이 일고 저녁 개에 밀물이 몰려가면 잔잔한 물살을 헤치고 자맥질하오며 가벼운 거품을 타고 오락가락합니다. 날개는 나루의 꽃비에 젖으며 울음은 수궁의 연기에 잠깁니다. 갈대밭 여귀 언덕이 저의 세상이오니 담 구멍 진흙탕을 어찌 엿보

---

80) 해오라기

았겠습니까? 혓바닥을 놀리는 게 무섭기는 하지만 이 몸이 무슨 죄가 있겠습니까?"

국문을 마친 창고신은 교청과 비오리를 가두어두고 다시 쥐를 불러 '교청과 비오리의 공술은 다 근거가 있다. 너를 사촉한 자는 과연 누구냐?'하고 엄중히 추궁하니 늙은 쥐가 '난새와 학이 저를 사촉하였습니다'라고 대답하니 창고신은 난새와 학을 잡아들여 '너희들이 쌀을 훔치도록 쥐를 사촉하였느냐?'하고 물었다. 이에 난새가 먼저 공술한다.

"저는 기이한 자질을 타고나서 별무늬로 몸을 장식하였고 천상 선관仙官을 짝하여 인간 풍진을 멀리 떠났습니다. 아침이면 구슬 나무의 꽃을 따먹으며 밤이면 신선이 사는 요지의 달 밑에서 잠을 잡니다. 만물에는 귀천의 구별이 있고 세상에는 선악의 길이 다릅니다. 수다스런 변명도 힘드오니 이렇게 된 원인을 반성할 따름입니다."

이어서 학이 공술한다.

"저는 청전[81]에서 태어 났으나 자부紫府[82]에 거주합니다. 눈 속에 피어난 매화의 향기 속에서는 임화정을 벗하여 고산에서 숨어살 았으며[83] 옥피리소리 가운데서는 왕자진을 따라 후령에 이르렀습

---

81) 청전靑田은 지금 중국 절강성에 있는 산의 이름이다. 부구의 《상학경》에 학이 청전에서 났다고 하였다.

82) 자부는 도가에서 신선이 산다는 궁전이나 경계境界를 뜻한다.

83) 중국 북송나라 시인 임포(967~1028)가 서호의 고산에 은거하여 매화를 감상하며 학을 기르며 살았다. 그는 한평생 벼슬도 하지 않고 장가도 들지 않고 살았기에 세상 사람들이 그를 매화를 처로 삼고 학을 아들로 삼은 사람이라 하였다.

니다.[84] 혹은 그림자로 외로이 서며 너풀너풀 춤을 추며 스스로 즐깁니다. 구고에 깃들인[85] 신선의 벗으로서 썩은 쥐의 구초口招[86]에 오를 줄을 어찌 뜻하였겠습니까? 이처럼 심한 모욕을 당하였는데 그 허실을 무엇으로 논하겠습니까?”

창고신은 문초를 마치고 난새와 학을 옥에 가두고는 '난새와 학은 다 신선의 조류로서 너 같은 도적놈과 공모했을 리는 만무하다. 그런 거짓말은 집어치우고 너를 사촉한자를 어서 대라.'라고 늙은 쥐에게 호령하였다. 그래서 쥐는 '봉황새와 공작새가 사촉했습니다.'라고 고해바쳤다. 창고신은 봉황새와 공작새를 잡아와서 '그대들이 곡식을 훔치라고 쥐를 사촉했는가?'라고 묻자 공작새가 공술한다.

“저는 태어나서부터 성품이 온화하고 가슴에는 사령四靈[87]의 기를 품고 있습니다. 스스로 자기의 자태를 아끼오며 진귀한 채색으로 아롱진 병풍 같은 꼬리는 영롱합니다. 배가 고파도 깊이 숨기고 뾰족한 부리로 마구 쪼아대는 것을 싫어합니다. 저의 깃털은 계수나무 가지를 스치고 입으로는 기화요초琪花瑤草의 향기를 들이마십니다. 현포에서 배회하고 티끌세상은 멀리하고 살아갑니다. 그 비밀은 은밀하여 하늘의 못 가에 스스로 걸려 있사옵니다.”

---

84) 한나라 때 은사로서 피리의 명수이며 후령에서 학을 기르며 살았다.
85) 《시경》에 학이 구고에서 울었다는 시가 있다.
86) 예전에, 죄인이 신문에 대하여 진술함. 또는 그 진술.
87) 전설상의 네 가지 신령한 동물. 기린, 봉황, 거북, 용을 이른다.

서옥설

이어서 봉황새가 공술한다.

"의젓한 걸음걸이와 품위 있는 목소리를 갖고 있는 저는 소악의 십중팔구를 다 들었고, 우임금의 뜰에서 춤을 추었으며[88] 덕의 빛발을 천길 높은 하늘 위에서 보았으며, 오동의 가지에 앉아서 주나라 세상에 울었습니다. 먹는 것은 대 열매뿐이오며 깃들이는 곳이 어찌 가시나무이겠습니까? 아무리 주려도 곡식을 먹지 않으니 어찌 저따위 죽일 놈의 간사한 도적놈과 통모하겠습니까? 구차히 살려고 하지 않으니 대신 죽어도 사양하지 않겠습니다."

창고신은 봉황새와 공작새를 옥에 가두고는 다시 쥐를 불러 '봉황새와 공작새는 날짐승의 영장이기에 날짐승으로 볼 수 없으니 너와 공모할 리 만무하다. 너를 사촉한 놈은 과연 누구냐?'고 다시 물었다. 그래서 늙은 쥐는 '이 대붕새와 고래가 저를 사촉했습니다.'라고 고해바쳤다. 창고신은 대붕새와 고래를 잡아다 놓고 '너희들이 곡식을 훔치라고 쥐를 사촉하였느냐?'라고 물으니 대붕새가 먼저 공술한다.

"저는 하늘과 땅을 집으로 삼으며 바다를 놀이터로 삼습니다. 등어리의 넓이는 몇천 리의 거리인지 모르오며[89] 날개는 9만 리 장천에 펼칩니다.[90] 전생은 북해의 곤어鯤魚이오며[91] 지기는 남화

<hr/>

88) 중국 고대 순임금이 소소란 음악을 연주하니 봉황이 와서 춤추었다고 한다.
89) 《장자》에 붕새 등 어리의 넓이가 몇천 리인지 모른다고 하였다.
90) 《장자》에 붕새가 날개를 펼치면 9만 리에 닿는다고 하였다.
91) 《장자》에 북해의 곤어가 변해서 붕새가 되었다고 하였다.

진인[92]입니다. 메추라기를 비웃고 호랑나비를 꿈꾸었던 늙은이는 이미 저세상으로 갔구만요. 쥐잡이꾼의 이야기는 누가 지었답니까? 무슨 영문인지 몰라 이와 같이 말씀드릴 뿐입니다."

이어서 고래가 공술한다.

"기운은 육합六合[93]을 찌르오며 노할 때에는 백 갈래의 강물을 뿜어냅니다. 갈기는 푸른 하늘을 가리니 강태공의 낚시질[94]을 조금도 두려워하지 않았으며 꼬리는 밝은 달을 건드리니 이태백이 올라타는 것[95]을 허락하였습니다. 위엄은 상어와 악어의 소굴을 압도하오며 이름은 수중의 용궁에까지 떨쳤습니다. 음식은 무척 많이 먹으나 욕심에는 한도가 있습니다. 물과 뭍이 저를 두려워하는데 뜻밖에 요언妖言이 났으니 만경창파를 기울여도 이 원한이야 씻겠습니까?"

대붕새와 고래의 공술이 끝나자 창고신은 한곳에 그들을 옥에 가두어 넣고 늙은 쥐를 다시 불러놓고 '대붕새와 고래는 다 바다에 사는 거물들로서 너와 아무런 관계가 없으니 너를 사촉한 자는 따로 있을 것이다. 어서 바삐 고백하여라.' 라고 추궁하니 쥐는 '이 밖에도 또 있습니다.' 라고 한다. 창고신이 직언하라고 재촉하

---

92) 장주를 남화진인이라고 하였다.
93) 상, 하와 동, 서, 남, 북 네 개 방위, 즉 천지와 사방을 가리키는데 천하나 우주를 두루 가리킨다.
94) 여상은 주대 제나라의 시조이다. 그를 사상부라고도 한다. 문왕, 무왕을 도와 상나라를 멸망시킨 공로가 있어 제나라로 봉하였다. 통칭 강태공이라 한다. 그는 위수에서 낚시질하기도 하였다.
95) 두보의 시에 이태백이 고래를 타고 하늘로 올라갔다는 시구가 있다.

니 늙은 쥐는 엎드려 대가리를 움츠리고 곰곰이 생각하였다.

'땅에 기어 다니는 짐승들은 원래 완악하고 미련스러운 놈들이니 끝까지 버티고 굴복하지 않을 것이지만 공중에 날아다니고 물에 떠 있는 놈들까지도 뱃심 좋게 변명을 잘하니 참 기가 막힐 일이다. 날짐승과 길짐승이 수백 종이나 되니 그중에 연약하고 비겁한 놈이 어찌 없으랴만 대체로 모두 교묘한 언사를 늘어놓아 제 발뺌을 용하게도 하니 이는 그들의 지혜와 구변이 모두 나보다 우월한 것이다. 용렬하구나! 내가 애초에 자기 죄를 솔직히 자백하지 않고 이럴까 저럴까 알쏭달쏭하게 공술한 것은 그야말로 수서양단[96]이다. 이것은 우리 조상으로부터 전래하는 특별한 가풍인데 이 불초[97]한 내게 이르러 수안이 옹졸하여 집안의 명예를 더럽히고 패가망신의 지경에 빠졌으니 참으로 원통한 일이 아닌가? 그러나 일이 이미 이 지경에 이른 이상에 후회한들 쓸데없구나. 지금부터는 지극히 작고 어리석고 창자도 없고 배심도 없는 미물들을 끌어대어서 내 공술을 증명하지 않으면 가장 참혹한 형벌을 면할 수 없을 것이다.'

늙은 쥐는 이렇게 생각하고 고백한다.

"날짐승과 길짐승의 무리는 모두 바르지 못하고 간사한 정기를 타고난 것들입니다. 죄를 범하지 않았으면 모르나 이미 범한 이상에야 벌을 받고 죽는 것은 당연한 일인데 그들은 법관의 존엄성

---

96) 어찌할 바를 몰라 결단하지 못하는 상태.
97) 부모에 대하여 아들이 '자기'를 낮추어 이르는 말이다.

을 가볍게 여겨 감히 사실을 숨기며 구변을 교묘히 놀려서 범죄를 저질러 놓고도 안 했다고 발뺌하며 말을 하고도 안 했다고 하니 그들이 솔직하지 못한 죄상이 실상 이 늙은 것에 비해 몇 배나 더 심합니다. 기타 사촉자들을 어찌 감히 숨기겠습니까? 실은 벌과 매미가 저를 사촉했습니다."

창고신은 벌과 매미를 붙잡아 들여서 '너희들이 곡식을 훔치라고 쥐를 사촉했느냐?'라고 물으니 먼저 벌이 공술한다.

"저희들은 나무에 의지하여 둥지를 짓고 묘한 재주로 화밀을 땁니다. 하지만 그 꿀은 사람에게 빼앗기되 항상 주림을 원망하지 않으며 무리는 여왕을 받들어 한 마리도 놀고먹지 않습니다. 그리하여 항상 동분서주하오며 때로는 왼쪽으로 때로는 오른쪽으로 날아갑니다. 비록 몸집은 작아도 당차니 마음이 어찌 허망하고 부화하였겠습니까? 무형무적한 가운덴들 도적을 도와주었겠습니까?"

이어서 매미가 공술한다.

"저의 귀는 투명한 구슬이오며 날개는 엷은 비단입니다. 가을 기운이 들면 맑은 이슬을 마셔 끼니를 이으며 나무그늘이 짙으면 긴 가지를 안고 노래를 부릅니다. 도술을 배워서 신선으로 화하였으며 뜻을 품고 속세를 떠났습니다. 허리를 펴서 울었고 입으로는 말을 내지 않았으니 본래부터 침묵하는 저로서 어찌 참견을 하였겠습니까?"

창고신은 벌과 매미를 옥에 가두고 다시 쥐에게 을러댔다.

"벌과 매미는 모두 제 일을 했고 제소리를 냈으니 네게 무슨 상관이 있었겠느냐? 어서 바로 사촉자를 대라."

그래서 늙은 쥐는 거미와 버마재비(사마귀)를 사촉자로 찍어댔다.

거미가 먼저 공술한다.

"행랑에 그늘지고 울타리에 비 개면 저는 백자나 되는 씨 날을 토하여 한 폭의 둥그런 그물을 걸어놓습니다. 이는 다만 한 덩어리의 밥을 구함이고 온갖 벌레를 다 잡아먹으려는 계책은 아닙니다. 풍파가 적은 높은 곳에 살면서 먹는 것만 찾아다니는 욕심쟁이를 굽어보고 웃습니다. 생각지도 않던 일이 돌연히 생겼습니다."

그다음 버마재비가 공술한다.

"저는 별로 힘도 없으면서 수레바퀴를 막아보려고 하는 우둔한 자입니다. 날아다니다가 혹은 염발에 부딪치기도 하고 수레바퀴나 말발굽에 짓밟히기도 합니다. 행여나 죽지 않은 놈은 길짐승과 날짐승들로부터 비웃음을 당하지 않습니다. 살아서는 무엇을 하는 줄 아십니까? 마음과 힘이 강하지 못하면서도 자기의 하찮음을 시인하려고 하지 않사옵니다. 저 스스로도 무용지물이라고 생각하며 남이 파놓은 함정에 빠져 죽을 놈이라고 생각하옵니다. 나리께서 진상을 조사하시려면 짧은 시일로는 부족할 겁니다."

창고신은 거미와 버마재비를 옥에 가두고 다시 쥐를 족치고 물었다.

"거미와 버마재비의 초사를 들으니 그들이 모두 원통한 듯하다. 바삐 사촉자를 고백하라."

그래서 늙은 쥐는 다시 하루살이와 잠자리를 끌어댔다.

하루살이가 먼저 공술한다.

"저희들은 가장 미약한 벌레로서 세상에 떠서 살고 있습니다. 모였다가 흩어지며 있는 듯 없는 듯합니다. 뙤약볕이 나면 개천 구덩이에 몰려서 오물오물하오며 서늘한 그늘이 지면 젖은 연기에 섞여 어룽어룽합니다. 얼굴이 희미하고 기운도 약하오며 아침에 났다가 저녁에 죽습니다. 일생이 짧은 것을 한탄하오며 만사가 귀찮은 것을 깨달았습니다. 아침에 저녁을 모르는 미물이 어찌 재물의 욕심을 가졌겠습니까? 이 잔약한 가슴에 원한을 품지 말게 해주시기 바랍니다."

이어서 잠자리가 공술한다.

"저는 머리와 눈이 유난히 크오며 대가리와 꼬리가 서로 잇달렸습니다. 수풀 언덕 석양에는 농부의 지게에 앉으며 이끼 돋은 돌 위에 내리는 가랑비에는 어부의 낚싯대에 앉기도 합니다. 잠깐 메밀꽃 피는 전야에서 얼른거리다가 문득 무 잎사귀 위에서 맴돌기도 합니다. 한 번도 입을 놀려 남을 해한 일이 없으며 입은 있어도 항상 말은 없습니다. 나리께서 살펴보시면 어느 놈이 허망한가를 쉬이 판단하실 수 있을 겁니다."

창고신은 하루살이와 잠자리의 문초를 마친 다음 그들을 가두어 놓고 다시 쥐더러 사촉자를 고백하라고 족쳐댔다.

"하루살이와 잠자리는 벌레들 가운데서 가장 미약한 것들이다. 심문할 바가 못 된다. 네놈을 사촉한 자가 과연 누구냐? 어서 사실대로 고백하라."

그래서 늙은 쥐는 파리와 모기를 불어넣었다. 창고신은 파리와 모기를 잡아다 놓고 문초한다.

먼저 파리가 공술한다.

"저희들은 체구가 비록 작으나 타고난 식욕이 지나쳐 음식냄새를 맡으면 그만 불인지 물인지 모르게 덤빕니다. 그래서 사람들은 저를 몹시 미워하여 어떤 이는 제가 붙었던 자리를 백옥의 티에 겨루어 원망하며 시인은 저의 소리를 소인의 참소에 비유하여 [98] 풍자도 하였습니다. 식혜 항아리에 달려들기 좋아하다가 소꼬리 휘두르는데 가끔 목숨을 잃기도 합니다. 비록 제 동류끼리는 따르오나 어찌 다른 무리와 조금이라도 상관하겠습니까? 그놈의 창자를 갈라 저희들로 하여금 마음껏 빨아먹게 해주시기 바랍니다."

이어서 모기가 공술한다.

"가벼운 몸집은 날리는 먼지 같고 날카로운 부리는 두터운 장막을 뚫습니다. 그늘을 타고 창틈으로 새어들며 냄새를 맡고 방안으로 모입니다. 버들개지같이 날아오며 앵두 빛처럼 붉어갑니다. 모두 털옷을 갖추고 방어하는데 누가 문을 열어 맞아들이겠습니까? 항상 불을 본 부나비의 어리석음을 비웃어 왔으나 저 역시 국에 빠지는 파리의 운명을 면치 못합니다. 사람을 해친 죄는

---

98) 《시경》에 있는 시. 이 시는 주나라 유왕이 참소를 믿고 나라 정사를 어지럽히는 것을 풍자한 것인데 앵앵하는 파리 소리를 소인의 참소하는 말에 비유한 것이다.

만 번 죽어도 사양하지 않으나 쥐를 꾀인 일은 어느 꿈엔들 있었 겠습니까? 진심에서 우러나오는 소리오니 밝게 살펴주시기 바랍 니다."

창고신은 파리와 모기를 옥에 가두어 넣고 다시 늙은 쥐를 추 궁하였다.

"파리와 모기가 사람을 귀찮게 굴지만 다 어리석은 미물이니 너 같이 간사한 놈을 사촉했을 리 만무하다. 어서 바로 고백하라."

그래서 쥐는 두꺼비와 지렁이를 일러바쳤다. 두꺼비가 먼저 공 술한다.

"저는 본디 문둥병환자⁹⁹⁾로 노상 햇볕을 즐깁니다. 배가 비록 크고 살쪘으나 식욕은 매우 적으며 걸음이 몹시 둔하고 더디므로 줄곧 토굴에 숨어 삽니다. 선녀의 후손¹⁰⁰⁾으로 불행히 진토에 귀 양 왔으나 옥토의 친구¹⁰¹⁾로서 뜻은 항상 높은 데 있습니다. 창고 부근 습지에 살기를 즐겨한 탓으로 도적과 이웃한 적은 있으나 이런 재앙을 당하리라고는 전혀 생각조차 못했습니다."

그다음 지렁이가 공술한다.

"저는 높고도 독한 기를 받아서인지 몸뚱이의 넓이는 별로 없

---

99) 두꺼비의 피부에 있는 사마귀들이 흰 액을 분비하므로 문둥병 환자의 피부와 같다고 비유한 것이다.
100) 항아 또는 상아라고도 함. 신화에서 나오는 후예의 처이다. 후예가 서왕모라는 선녀에게서 불사약을 얻었는데 항아가 그것을 도적해서 먹고 달나라로 도망쳤 다는 전설이 있다.
101) 달 속에 옥토끼와 금 두꺼비가 있다는 전설이 있다. 일설에는 상아가 달나라에 도망친 후 두꺼비로 변하였다고도 한다.

고 길이만 쓸모없이 깁니다. 맵짠 추위가 시작되면 땅속에 몸을 깊이 감추오며 경칩에 깊숙한 굴속에서 기어 나오고 급한 비가 개면 진흙 속에서 허리를 폅니다. 저는 아무것도 아는 게 없는 무식한 놈입니다. 누군들 발도 없는 저 같은 놈과 공모를 하겠습니까? 저라도 그렇게 하지 않을 겁니다. 어르신님은 쥐의 말을 믿지 마십시오."

창고신은 국문을 마치고는 두꺼비와 지렁이를 옥에 가두고 늙은 쥐를 족치며 묻는다.

"두꺼비와 지렁이는 우둔하기 짝이 없는 미물이니 너와는 아주 딴판이다. 사촉자는 따로 있을 터이니 끝내 숨기려고 하느냐?"

늙은 쥐는 자라와 게를 사촉자로 무고하였다.

먼저 자라가 공술한다.

"저는 돌을 의지하여 남몰래 다니옵고 어리석기 짝이 없어 사람을 만나면 뒷걸음질만 합니다. 그러나 등허리 힘은 삼신산을 짊어지고도 풍랑에 흔들리지 않으며 고기 맛은 팔진미를 부러워하지 않게 술안주로 쓰입니다. 가문은 강과 바다에 떨어져 있으며 우리 족속들은 개천과 시내에 흩어져 삽니다. 두 손을 잡고 항상 공손한 태도를 보이오며 작은 혓바닥을 놀리오나 단 한 번도 말썽을 부린 적 없습니다. 그놈의 초사란 이치에 닿지도 않으니 변명할 나위도 없습니다."

이어서 게가 공술한다.

"저희들은 못이나 개울가에 무리 지어 살며 흙탕 속에도 곧잘

묻혀있습니다. 그러나 성깔은 사나워서 창을 꼬나들고 길을 서로 다투느라고 곧잘 싸움을 하기도 합니다. 고기의 적손으로서 수초 속에 교묘하게 몸을 숨기기도 합니다. 스스로 곽색郭索[102]의 이름을 갖고 있는 것을 부끄러워하며 딱지가 부서져서 지저분하게 널려있는 것을 분하게 생각합니다. 그래서 은둔하여 물속에 침몰하는 것을 달갑게 여깁니다. 가장 뼈아프게 생각하는 것은 배알이 없는 몸뚱이라는 점입니다. 이 분한 마음을 다는 표현하기 어려우니 저의 부끄러운 얼굴은 바로 게딱지 같습니다."

공술을 듣고 난 창고신은 자라와 게를 옥에 가두고 쇠사슬로 늙은 쥐를 결박하여 기둥에 거꾸로 달아매고 다섯 가지 형구를 내여 놓으면서 큰 가마에는 기름을 끓이면서 위협한다.

"이 늙은 도둑놈아! 마땅히 삼족을 멸할 것이다. 네놈의 족속들을 하나도 남기지 않고 전부 잡아들여 한꺼번에 죽일 터이다. 천지지간에 크고 작고 날고 기고 꿈틀거리는 물건치고 네놈의 구초에 오르지 않은 자가 없으나 모두 허망에 돌아가고 하나도 그럴듯한 증거가 없다. 너의 죄상은 더할 나위 없이 청천백일 하에 드러났다!"

하고 형리들에게 다시 명령한다.

"너희들은 먼저 날카로운 칼로 이놈의 주둥이를 자르고 가죽을 벗겨라. 각을 뜨고 가슴팍을 찔러라. 꼬리와 귀를 베고 눈을 빼고 대가리를 끊고 허리동아리는 끓는 가마 속에 집어넣어서 데

---

102) 게가 기어가는 모양이나 소리를 형용하는 고대 한어의 의태어나 의성어이다.

치고 삶고 찌고 휘젓고 하여 한 점의 살도 남기지 말라!"

창고신이 추상秋霜[103]같이 영을 내리자 늙은 쥐의 얼굴은 별안간 풀잎처럼 새파래지고 눈물을 흘리며 마지막으로 몇 마디만 더하고 죽기를 애원했다. 그래서 창고신이 '할 말이 무엇이냐?'고 물었더니 늙은 쥐는 젖 먹던 힘까지를 다 내여 한바탕 장황하게 진술한다.

"이 늙은것이 지금까지 고백한바 여러 짐승들이 죄를 범하지 아니한 놈은 하나도 없었건만 나리께서 너무 인자하시여 다스리기를 엄하게 하지 않았기 때문에 그놈들이 모두 불복한 것이고 이 늙은것보다 몇 백배나 더 간악한 줄은 도무지 모르오니 이것이 더욱 억울한 바입니다.

첫째, 달팽이로 말 하오면 귀, 눈, 입, 코 일곱 구멍이 뚫리지 못하였고 사지가 생기지 못하였으니 본래 생물이라 할 수 없으므로 죄를 짓고도 죄가 무엇인 줄도 모르는 물건입니다.

개미는 하잘것없는 벌레에 불과합니다. 그럼에도 불구하고 제멋대로 성곽을 벌려놓고 망령되게 나라이름을 지어서 만승천자의 행세를 하고 있으니 그 참담한 죄는 만 번 죽어도 아깝지 아니하리다. 나라의 칭호도 감히 도적하여 쓰는데 이 늙은것을 사촉하여 태창의 쌀을 훔쳐 먹게 하는 것쯤이야 누워서 떡먹기입니다.

반딧불로 말 하오면 빛의 큰 것으로 해와 달이 있고 빛의 작은 것으로 등잔과 촛불이 있는데 반딧불은 한 치도 못되는 형각에

---

103) 가을의 찬 서리.

한 점의 불을 켜가지고 나무에 붙어서 반짝거리고 물에 대질러도 꺼지지 아니하여 자칭 밤을 낮으로 만드는 재주를 가졌다고 하오나 이는 고작해야 깊은 궁궐 가을밤에 한갓 소박 받은 궁녀들의 원망을 북돋으며 가랑비에 속절없이 먼 길 가는 빈 주막에 투숙한 나그네들의 시름을 자아낼 뿐이오니 그 보잘것없는 미물에게 무엇이 있으오리까?

더구나 여우, 삵과 흉악한 범, 이리를 한밤중에 앞서 인도하여 담장을 넘어 사람의 집으로 끌어들여서 한량없는 재앙을 끼치게 하오니 생김은 비록 작으나 해독은 실로 큽니다.

닭은 사람이 길러 사람의 은혜를 입었으니 마땅히 사람에게 이로운 일을 하여야만 할 터인데 한다는 짓은 한갓 사람이 애써 가꿔놓은 야채밭을 발로 파 뒤지고 사람이 금이야 옥이야 하는 곡식 이삭을 주둥이로 쪼아 먹으며 혹은 암놈이 소리쳐 부르짖고 혹은 초저녁에 울기도 하여 주인집에 재해를 주오니 이야말로 못난 닭이라 상서롭지 못하기가 그지없습니다.

소쩍새란 놈은 그 가죽에 털이 드물고 울고는 반드시 피를 토하오니 그 생김새를 족히 알 수 있습니다. 그는 새끼를 기르지 않고 뭇 새를 저의 신하로 여기오니 그 어리석음을 가히 알 수 있습니다. 산천이 막히지 않고 날아서 못 갈 바 없으니 돌아가려면 돌아갈 것이지 누가 못 가게 하기에 항상 불여귀不如歸를 부르짖고만 있습니까? 그는 자칭 임금의 넋이라고 하나 믿을 수 없습니다. 하물며 그 많은 수풀을 다 내쳐두고 하필 나그네 창밖에 와서 울며 대낮엔 무얼 하다가 하필 달밤에 홀로 구슬피 웁니까? 이 늙은 것으로서는 도무지 요량을 알 수 없는 일입니다.

그리고 앵무새로 말하오면 하늘이 만물을 마련할 때부터 사람과 짐승이 말을 통하지 못하는 것은 이치의 떳떳한 일이거늘 오직 이 새는 능히 사람의 말을 알고 사람의 뜻을 알아 손님이 오면 반드시 알려주고 일이 있으면 반드시 고하니 이는 요망한 물건입니다. 요망한 놈의 말을 곧이듣고 이 늙은 것이 말씀드리는 것은 순전히 허망한 것으로 들리오니 옛말에 요망한 것은 덕을 이기지 못한다는 것이 도리어 빈말이 되고 말았습니다.

꾀꼬리는 그 빛깔이 제아무리 고운들 그림만 같지 못하며 그 소리가 제아무리 좋은들 풍악 소리를 당할 수 없는데 세상 사람들은 그림을 버리고 그놈의 빛을 취하고 풍악을 두고 그놈의 소리만을 들으려 하오니 이것이 유혹된 일이 아니고 무엇이겠습니까? 더구나 그놈의 소리는 음탕하기도 하고 슬프기도 하여 사람을 즐겁게도 하고 슬프게도 하오니 이는 요망한 소리임이 분명합니다. 그 소리가 요망할진대 그 마음인들 요망하지 아니하겠습니까? 그러면 나리께서 지적하신 간사한 심보는 비단 이 늙은것에게만 있는 것이 아닙니다.

나비란 놈은 한때 벌레의 화신이며 오행의 완전한 기운을 타고 난 물건이 아니므로 그 근본이 보잘것없거늘 세상 사람들은 그의 가볍고 연약한 모습을 사랑하기도 하며 시인들은 펄펄 나는 분결같은 날개를 읊기도 하니 그가 사람에게 잘 보이려고 백방으로 아첨하는 것을 미루어 알 수가 있습니다.

한 미물로서 갖은 술책을 다 부려 혹은 철인의 꿈[104]에 들어가 형체를 바꾸며 혹은 미인의 몸으로 변장하여[105] 사람을 유혹하니 그 변화하는 요술은 귀신도 오히려 헤아리지 못하오니 그놈이 구멍 파는 짐승으로 화하여 고집에 쌓인 곡식을 훔쳐 먹지 아니했다고 누가 담보하겠습니까?

제비로 말하면 말만 나불나불할 뿐이옵고 성질은 실상 투미하여 부질없이 하늘을 날기만 하고 듬직하지 못하며 남의 심부름꾼으로 편지나 전해주니 어찌 그리 지저분합니까? 집에 불이 붙는 줄도 모르고 제 보금자리에서 암놈 수놈이 새끼와 함께 기뻐하니 어찌 그리 어리석소이까?

개구리란 놈은 밤새도록 개굴개굴 시끄럽게 울어대지만 대관절 무엇을 하소연하며 진종일 떠드는 것이 무엇을 말함인지 사람으로 하여금 귀를 막고 이맛살을 찌푸리게 할 뿐입니다. 그리고 그놈의 공술 가운데서 은연히 함구무언 하려는 의사가 있으니 그놈이 누구를 속이려고 하는 것입니까? 나리님을 속이는 것입니다.

박쥐란 놈은 본디 저의 집안 서파 자식들이었는데 애초에 저의 집 적파가 몹시 가난하여 살림살이가 어려우므로 박쥐들은 일가를 배반하고 족보를 파가지고 날짐승에게 투탁投託[106]하여 그들의

---

104) 장주가 꿈에 나비로 되어 펄펄 날았다는 것을 가리킴.
105) 미인의 경박하고 아름다운 태도가 나비 같다는 것을 의미한 것이다.
106) 남의 세력에 기대거나 의지하다.

날개를 빌리고 그들의 세력에 의지하여 가문의 명예를 더럽혔습니다. 그래서 이 늙은것이 문중회의를 열고 그놈을 잡아다가 조상 사당 앞에 꿇어앉히고 벌을 주려고 하니 그놈들은 문득 날아가며 하는 소리가 우리는 본디 조鳥 씨이지 서鼠 씨와는 무슨 상관이 있나 하였습니다. 어찌 이뿐이겠습니까? 그놈들이 날짐승 패에 들어 덤비다가 집에서 새던 쪽박이 들에 가서도 샌다는 격으로 부정한 행실이 들통이 나서 날짐승들의 배척을 받게 되면 그때에는 또 조 씨가 아니고 서가네 자손이라고 청탁합니다. 그놈들의 심사가 하도 괘씸하기에 이 늙은것이 누차 꾸짖고 사정을 두지 아니하였더니 그놈들이 이때부터 반감을 품고 험담과 중상을 일삼아 온지가 이미 오래되었습니다. 더구나 이 늙은 것이 곤경에 빠진 것을 보고는 그놈들이 샐쭉샐쭉 웃으며 미친 춤을 추는 판국이온데 이 늙은것을 위하여 사실을 자백하겠습니까?

참새는 그 몸집이 저보다 크지 못하며 그 지혜가 저보다 많지 않건마는 애오라지 하늘을 나는 재주만 믿고 이 늙은것의 일족을 몹시 업신여기고 있습니다. 그러나 사람이 만일 그놈의 날개를 잘라버리면 그다음엔 갈 데 없어서 반드시 이 늙은 것의 구멍으로 기어들어 와 서가의 일족에 탁명하기를 애원했습니다. 그러나 이 늙은것이 가문의 명예를 위하여 항상 거절하고 받아들이지 아니하였으므로 갈 데 없는 그들은 저의 문밖에서 굶어 죽은 자가 있게 되었습니다. 이 까닭에 그들이 당치 않은 원한을 품고 기회만 있으면 이 늙은 것을 잡아먹으려고 할 것은 뻔한 일이 아니옵니까?

까마귀란 놈은 성질이 본래 음흉하고 소리조차 상서롭지 못합니다. 사람이 죽어가면 반드시 먼저 알고 병에 걸리려면 또한 먼저 알리기 때문에 세상에서는 까마귀를 귀신 졸개라고 부릅니다. 자신은 열두 가지 소리를 한다고 자랑하나 어느 누가 그 소리 듣기를 좋아하겠습니까?

솔개와 올빼미로 말하오면 두 놈의 성질과 모양이 비슷합니다. 오곡의 맛을 즐기지 않는 자가 없는데 솔개는 이를 싫어하고 오직 썩은 고기를 좋아하며 햇빛은 반기지 않는 자가 없는데 올빼미는 이것을 꺼리고 항상 어두운 밤을 좋아하오니 그들의 씨종자가 천하고 성질이 음흉함을 가히 알 수 있습니다. 이 늙은것이 그놈의 가르침 받은 것을 이제 와서 생각하니 부끄럽기 그지없습니다.

거위와 물오리는 마침 이 늙은것의 집과 가까워서 항상 시끄러운 소리로 고요를 깨뜨리기에 이 늙은것이 솟아오르는 분기를 이기지 못하여 몰래 그 우리에 기어들어 가서 먼저 거위의 다리를 깨무니 거위는 고함치며 달아났고, 그다음 물오리의 가슴을 물어뜯으니 물오리는 살이 다하고 뼈가 나와도 입을 악물고 한마디 소리도 지르지 않았습니다. 이것을 보면 한 놈은 성질이 왈패스럽고 한 놈은 성질이 몹시 독살스러우니 어찌 예사로운 잡도리로써 저놈들을 자복시킬 수 있겠습니까?

뱁새는 바탕이 보잘것 없으니 그 속엔들 무엇이 있겠습니까?

비둘기는 성질이 몹시 옹졸하니 그 무슨 뛰어난 노릇을 하겠습니까? 메추라기와 꿩은 그 고기 맛이 좋은 탓으로 제 목숨도 잃어버립니다.

매와 새매는 특수한 재간을 가졌기 때문에 흔히 사람들에게 잡히는 바가 되오나 이는 맛있는 것이 맛없는 것만 같지 못하오며 재주 있는 것이 재주 없는 것만 같지 못합니다. 아! 가엾소이다. 이 늙은것도 만일 아무 지각도 꾀도 없었던들 어찌 오늘날의 불행이 있겠습니까?

기러기와 따오기는 눈치만 보면서 그만 피하고 기틀을 알면 문득 날아가 버리니 평생에 죽을 곳으로 들어갈 리가 만무하겠지만 그래도 갈대밭에 내려앉아 마름[107]과 연밥[108]을 먹다가 가끔 사람들의 화살이나 주살에 맞아서 신세를 그르치니 이 늙은것이 먹을 것 때문에 목숨을 빼앗기는 것과 무엇이 다르겠습니까?

황새와 들오리는 다리와 부리가 길뿐이니 그들의 장점이란 다리와 부리밖에는 아무것도 없습니다. 그들은 지혜가 부족하여 날아오는 화살에 죽으며 꾀가 짧아서 돌팔매질에 상하오니 이는 먹는 데에만 밝고 몸 보호에는 어두움이 이 늙은것과 무엇이 다르겠습니까?

갈매기와 백로는 겉은 희나 속은 검기 때문에 이들은 겉보기

---

107) 마름과의 한해살이풀. 진흙 속에 뿌리를 박고, 줄기는 물속에서 가늘고 길게 자라 물 위로 나오며 깃털 모양의 물뿌리가 있다. 잎은 줄기 꼭대기에 뭉쳐나고 삼각형이며, 잎자루에 공기가 들어 있는 불룩한 부낭浮囊이 있어서 물 위에 뜬다. 여름에 흰 꽃이 피고 열매는 핵과核果로 식용한다. 연못이나 늪에 나는데 한국, 일본, 중국 등지에 분포한다.
108) 연꽃의 열매. 식용하거나 약용한다.

와 다른 무리입니다. 이들이 까마귀가 새까맣다고 비웃지만 이는 겉 검으면 속도 검은 줄만 알고 자신들이 겉 희고 속 검은 줄을 도무지 모르는 까닭입니다. 속이 검다는 것은 그 마음이 도적놈 이라는 말이오니 이들이 이 늙은 것을 사촉한 것은 더 의심할 바 없습니다.

골새와 독수리는 기운이 세고 심보가 영악하여 죽음을 겁내지 아니하는 무리오니 죽을죄를 짓고도 자복하지 아니할 것은 당연한 일입니다.

비취새와 원앙새는 한갓 깃과 털이 아름다움으로 범죄의 그물 에서 벗어나게 되었으니 참으로 겉만 보는 세상입니다. 말씀드리 기는 외람하오나 이 늙은 것도 만일 조물주의 은혜를 입어 비취 와 원앙 같은 화려한 털을 타고났더라면 어떠한 죄를 범하였을지 라도 조금도 혐의를 받지 않았을 것입니다. 교청과 비오리는 아침 에도 고기를 잡아먹고 저녁에도 고기를 잡아먹으오니 이처럼 심 한 욕심쟁이들이 어찌 비린 고기만 편식하고 옥백미 쌀밥에는 식 욕이 동하지 아니하였겠습니까?

난새, 학, 봉황새, 공작새 등속은 모두 빛 좋은 개살구요, 이름 좋은 큰아기들입니다. 그른 것이 옳은 것으로 되며 굽은 것이 바 른 것으로 가장된다면 더 말할 나위도 없습니다.

사자, 코끼리, 기린 등속도 덮어놓고 열넉 냥 금 입니다. 모두 짐승들이라고 하여 법의 그물로부터 벗어나게 한다면 영이靈異[109]

---

109) 신령스럽고 이상하다.

한 이름을 듣는 날짐승들도 의례 죄목에서 벗어나야 할 겁니다.

대붕새와 고래는 이 늙은것이 비록 힘과 몸집은 그들보다 천 배 만 배나 떨어지지만 양심과 체면에 있어서는 도리어 그들을 능가합니다.

이제 나리께서 만일 그들의 몸 덩어리가 크다고 놓아주시고 그들의 힘이 장사라고 용서하여주신다면 장차 이 세상은 힘센 놈의 세상이 되고 말 것입니다. 이렇게 되면 약하고 작은 것들은 무얼 믿고 살아가겠습니까?

벌, 매미, 거미, 버마재비, 하루살이, 잠자리, 파리, 모기, 두꺼비, 가재, 개 등 미물로 말하오면 혹은 날개만 있고 꽁지가 없으며 혹은 껍질만 있고 날개가 없으며 혹은 가죽만 있고 발이 없습니다. 생물의 형체도 갖추지 못한 것이 어찌 생물의 성질을 똑똑히 가졌겠습니까마는 그래도 겉보기와 달라서 간사한 마음을 지니고 있으니 크나 작으나 모두 이 늙은것을 사촉하였습니다. 이 점을 이 늙은것이 언제나 의심하여 왔습니다."

늙은 쥐의 말이 끝나자 옆에 있던 사나운 개는 군침을 흘리고 노리며 표독스러운 고양이는 물어뜯으려고 눈을 부릅뜨고 있었다. 늙은 쥐는 전신을 부들부들 떨면서 어찌할 바를 몰라서 말을 이었다.

"확실히 저를 사촉한 자가 있습니다. 이제부터는 진짜로 고백하겠습니다."

이 말을 듣자 창고신은 대노하여 '먼저 정원에 놓인 저 댓돌을

들어 저놈의 이빨을 쳐부수어라!'라고 불호령을 내리자 늙은 쥐
는 연거푸 큰소리로 외친다.

"하늘과 땅과 들귀신, 산귀신과 울울창창한 소나무, 잣나무와
쏴쏴 부는 바람과 뭉게뭉게 피어오르는 구름과 몽롱한 안개와
축축한 이슬과 반짝이는 별들과 밝은 해와 달이 모두 상제의 명
령을 받들고 나로 하여금 나라 창고의 곡식을 마음대로 먹게 하
였으니 이 늙은것이 무슨 죄가 있단 말입니까?"

이 말을 듣고 창고신은 두 손을 부르쥐며 대노하여 말했다.

"아닌 게 아니라 조물주가 다사하시여 이런 못된 종류를 만들
어 공공연히 세상에 해독을 끼치게 하시고는 도리어 원망을 사서
들으시니 조물주가 어찌 그 책임을 회피하실 수 있으랴!

그리고 이 늙은 도둑놈이 몇 달을 두고 수많은 새와 짐승들을
끌어대며 온갖 악담과 무도막심한 언사를 토하다가 종말에는 외
람되게도 상제까지 범죄의 사촉자로 지목하는 것은 예사로운 범
죄자가 아니고 대역부도의 범죄자다. 일이 이 지경에 이른 이상
내 직권으로는 단독으로 처결할 수 없으니 부득불 하늘에 상주
하여 상제의 처분을 기다릴 수밖에 없다."

창고신은 사흘을 목욕재계한 다음 초사 받은 문서를 모조리
정리하여 몸소 휴대하고 상제의 앞에 나아가 문서를 올리고 삼가
말씀을 올렸다.

"소신이 백성의 하늘을 옳게 지키지 못하옵고 간사한 도적을 능
히 징계하지 못하였으니 소신의 죄는 만 번 죽어도 마땅합니다.

그런데 범죄사건의 연루가 너무 넓어 생명의 손상이 많을 것이오며 또 요망한 벌레가 이미 범상의 언사를 던졌으므로 소신이 감히 홀로 처결할 수 없이 이렇게 상주하오니 상제님의 영을 내리시기만 엎드려 바라옵니다."

상제는 그 옥사 문건과 사건전말을 열람하고 곧 다음과 같은 재결을 내리었다.

"하계의 미물이 범한 간악한 죄는 족히 나의 재결을 번거롭게 할 것이 못되나 그 죄상으로 말하면 부득이 천벌을 내리여 모함을 당한 신령스러운 날짐승과 기이한 길짐승들에게 사죄하여야만 하겠다. 너 창고신은 곧 돌아가서 늙은 쥐를 태창 앞에서 참하기 전에 그 시체를 네거리에다 내버려 부리가 있는 자, 발톱이 있는 자, 이빨이 있는 자, 어금니가 있는 자들로 하여금 그놈의 고깃살을 물어뜯고 후비고 널고 씹어서 그들의 울분을 풀게 할지어다. 가두어두었던 뭇 새와 뭇짐승들은 죄다 석방할 것이며 역적의 소굴과 족당은 하나도 남김없이 낱낱이 소탕하여 다시는 하계에 악한 씨종자가 퍼지지 못하게 하라."

창고신은 공손히 엎드려 상제의 명령을 받들고 곧 돌아와서 창고 앞에서 늙은 쥐의 대가리를 자르고 옥문을 열고 오래 가두었던 무리들을 내놓으며 선포하였다.

"상제께서 그대들이 마음껏 복수할 것을 명령하였다."

이 선포를 듣자 뭇 새, 뭇 짐승들이 모두 기뻐 춤추며 옥문 간에 몰려나와서 나는 놈은 날고 기는 놈은 기며 혹은 두 날개를 푸드득 거리고 혹은 네 발로 뛰며 한참 야단법석을 치는 바람에 마치도 구름이 마구 흩어지는 듯하였다.

그리하여 고양이와 개는 곧바로 쥐의 소굴로 달려가서 늙은 쥐의 삼족 육친과 사돈의 팔촌까지를 전부 수색하여 창고 앞마당에다가 잡아 팽개쳤다. 이리와 삵은 그들의 대가리를 씹어 먹으며 까마귀와 솔개는 그들의 배때기를 쪼으며 매와 새매는 그들의 사지를 내리 후비며 산돼지와 수달은 그들의 허리와 등척을 널며 고슴도치는 그들의 갈빗대를 등허리에 걸머지고 가며 버마재비는 그들의 꼬리를 안고 날려 하며 닭과 꿩은 그들 썩은 고기에 오물거리는 구더기를 쪼아 먹으며 까치는 그들의 터럭을 물고 날며 지렁이, 파리, 모기, 도르레螆, 개미는 그들의 피를 빨아먹는다. 용과 범은 늙은 쥐의 사체를 못 본체하고 제 갈 데로 가버렸다. 그 밖에 비린 것을 먹지 아니하는 자들도 모두 그 시체들을 찢고 씹어 먹으려 하였다. 기린과 봉황은 '너무나 심하도다! 그대들은 복수를 해도 이렇게 극단적으로 할 필요가 있는가?'하고 간곡하게 만류하였다. 그제야 뭇 날짐승과 길짐승들이 모두 흩어져갔다.

창고신은 신병神兵에게 영을 내려 늙은 쥐의 소굴을 파 뒤지게 하였고 늙은 쥐의 족속들은 모두 고양이에게 잡혀 죽었다. 연후에 쥐들이 살던 땅을 평지로 만들어 버리고 쥐구멍들을 죄다 막아버리니 그 뒤부터는 나라 창고에 곡식이 축나거나 허비되는 일이 없어졌다.

태사씨太史氏[110]는 말한다.

"불은 당장에 끄지 아니하면 번지는 법이요, 옥사는 결단성이 없이 우유부단하면 번거로워지는 법이다. 만일 창고신이 늙은 쥐의 죄상을 밝게 조사하여 재빨리 처리하였더라면 그 화는 반드시 그렇게까지는 범람하지 않았을 것이다. 아! 간사하고 흉악한 성질을 가진 자들이 어찌 창고를 뚫는 쥐뿐이랴? 아 참! 두려운 일이로다."

---

110) 사기와 기록을 맡은 관원이다. 작자는 이 작품을 끝마치고 사가의 견지를 빌려서 간단한 결론적 논평으로 쓴 것이다. 이는 사마천의 사기와 김부식의 삼국사기의 용례를 차용한 것이다.

白湖林悌像
壬辰年早山

鼠獄說

古者倉舍必搆於靜閑之處，蓋避村延燒之患也。是以倉之四方荒莽蒨鬱，亂石磈礧，苔髮縈於墻壁，土花蝕於階所，闃無遠而履爲罕矣，有大鼠窟於坳凹，身長半尺，毛深數寸，狡詰詐譎，甲於衆鼠。衆鼠推以爲長，炊鼎穿足即其謀也，猫頭懸鈴亦其計也，其巧於逞奸，捷於運智如此也。一日與衆鼠謀曰：「我輩居無障蔽，食乏困積，數被人犬之憂，我之謀生可謂拙矣。吾聞太倉之中白粲委峙，紅腐充溢，若穴其外而處其間，枕香粳藉，美粱飫口而食，扣腹而嬉，則豈不樂哉？此天所以資我也。」遂率衆鼠穿其碑壁，未移晷大容椽，乃挈其子女族，倘而入處焉。衆鼠從者以千數，跳梁偃仆，衝冒隮突，粒米狼戾，不可勝食，飽則止，如是者十年，倉儲椆然矣。倉神按簿而計，厥數大縮，乃驚且懼，部分神兵捕得大鼠，拉致於前，數之曰：「城社乃汝之所，糞壤即汝之食，汝何引類呼朋穴居於此？蕩百年之積，而絕萬民之天乎？當幷與族類快施磔屠，以絕攘竊之禍。汝之徒倘及敎嗾者，實告無隱。」鼠乃貼地而伏，拱手而對曰：「老物質雖么麼，性則虛明稟星辰之精，受天地之氣，雖不能首於衆，品亦未必居於下流，詩人詠於周詩，君子載之禮記，則其不見絕於人久矣。今夫橫目堅鼻，最靈於物，

而終歲服田，尚多阻飢，況老物世業蕩殘，生計單薄，牽於口腹之養，饑於糠粃之微，夫豈樂爲是哉？實

出不獲已也。罪雖罔赦，情則可恕。且老物門祚衰替，子孫零落，東家禍阽，衆子皆死，西倉駁械，諸孫

并歿，喪懺餘生，眼目已昏，衰朽殘喘，跬步不利，既無智計之可施，焉有徒衆之我附？至於敎嗾之輩

，謹當歷指以陳矣。老物頃當穿穴之日，低面壁底，左右游矚，則墻頭小桃爲我而笑，階前弱柳向我

而舞，夫妄者喜我之將飽也，舞者賀我之得所也，笑與舞者非所以倘我乎？」

倉神怒曰：「穿窬之行可惡，而喜而笑之。偸竊之變可驚，而忭而舞之，助桀爲虐，在法當治。」遂呪

神符縛致桃柳之神，責之曰：「於汝托根之地，有此竊粟之盜，不防、不告，何笑何舞？」

桃之神供之曰：「伏以當冬歛華，至春數萼，深紅吐艷，若臙脂之初勻，淺紫呈嬌，宛錦紋之爭纈

，乃卉木之本性，亦造化之神功，猶帶笑於春風，非有意於當日，誠可捧腹還功頳顏。」柳之神供之曰

：「伏以谷風乍動，堤雨新晴，拂萬縷而飄颺，如張緒之風彩。垂千枝而嫋娜，猶渭城之春光，巧學艷姬

之眉，任折離人之手，所謂傲傲之起舞，不過欣欣而向榮，言實無根，冤深貫木。」

倉神覽供畢。又詰於鼠曰：「桃笑柳舞言各有據，誰敎汝偸乎？」鼠復供之曰：「典守寄職，搗

門神戶靈果敎我也。」倉神大怒縛兩神，而鞫之，囊其頭，械其頸，列於庭下而責之曰：「太倉之

呵爾責，而乃反開門，納賊齎糧，藉冠鞭朴不足贖其罪，搗鎖不足懲其惡，媚盜之罪，汝速自服。」

門神供之曰：「伏以內外門限，出入所由，呵噤不祥。允致百鬼之畏，防守有截，妄謂萬夫之開縱

乏當禦一面之才，庶免懷二心之恥，惟知備桀上之嘯，豈意有穴中之偸，尸素是慚，衷赤可質。」

戶神供之曰：「伏以職思其居，心戒或怠，惟烏鐍之既固，人不敢窺，而緘縢之且堅，誰能經入，惟

恐怯篋擔囊之賊，或逞飛簷走壁之謀，曾不念畜凶狡之尖髭，乃反有無顧忌之大膽，罪至於此，他無所

知。」

倉神覽供畢。并囚之。又詰於鼠曰：「門神戶靈，各有稱冤，誰教汝偷粟乎？」鼠復供之曰：「蒼

猫寅犬，果教我也。」倉神縛致猫與犬問之曰：「汝輩教鼠偷粟乎？」

犬供之曰：「伏以司夜甚勤，無日或荒，須人發蹤，走可及，於突眼，掘地、探跡，捷不讓於圓睛

，或擾拿於厨間，時追逐於溷上，固強弱之不敵，諒仇讐之已成，皮肉不干，肝腸欲裂。」

猫供之曰：「伏以天之生猫，職在捕鼠，循倉庚而密伺，輒試爪牙，間甕盎而潛闚，飽噉毛血，惟

嗜欲之是騁，豈弱肉之或遺，當賈勇而逞威，爭并息而欲影，悔不殄滅，反被噬吞。」

倉神覽供畢。并四之。又詰於鼠曰：「惟猫與犬實汝敵讎予固不明，初雖質問，而及見其供，冤狀

可知，獄體甚重，雖未即放，已知汝欲售報復之計也，何甚奸也？何甚愿也？」鼠復供之曰：「猩與貙

果教我也。」倉神縛致猩貙，而問之曰：「汝輩教鼠偷粟乎？」

猩供之曰：「身處林麓，跡謝村閭，山萬水千，猶有搆木之樂，朝三暮四，恒愧守株之愚，羌撤葉而竄

枝，長拾橡而摘栗，爰有害人之物，乃欲援我自明，隕越之際，忝商是祝。」

貙供之曰：「伏以萬物之中，一種最微，惡陽喜陰，或見日光則隱，秘跡潛影，每欲土處則顚，不

幸化翁之賦形，乃與奸賊而同質，顧人心尚有淑慝，豈物性獨無賢邪？其惡無雙，羞與為伍。」

倉神覽供畢。并囚之。又詰於鼠曰：「物有貌同而心異者，予之惡汝者，非汝之貌也，惡汝之心也，毛與皮汝與彼若，形與體彼與汝若，偏行若也，深莊若也，獨不相若者，心也，汝必以與汝貌雖異而心則同者告之。」鼠內憤恚而不敢形於外，乃復供之曰：「白狐班狸果教我也。」倉神縛致狐狸而問曰：「汝輩教鼠偷粟乎？」

狐供之曰：「伏以穴地而處，以塚爲家，畏約無窮，亦恐覓獵之禍，變化不測，安有媚嫵之工？惟涉水而可疑，矧求食而妄出，彼周璞之可惡，與秦瘠之即同，蒼黃略陳，黑白可辨。」

狸供之曰：「伏以林下冷族，谷裡賤踪，枵腹長飢，謾被攘鷄之謗，厥象猶背，敢憚與狐同稱？竄黃榛而伺傲，伏寒莩而吞勃，縱未有益於世，亦不貽禍於人，寧有同心？彼固異類。」

倉神覽供畢。并囚之。又詰於鼠曰：「狐供狸招亦似有理，誰教汝偷乎？」鼠復恐之曰：「土中之蜩岩下之鼪，果教我也。」倉神縛致，以問曰：「汝輩教鼠偷粟乎？」

蜩供之曰：「伏以身短未尺，毛磔如針，千崖無人，背歎穴居之窄，一飽有數，不避瓜田之嫌，惟知或屈或伸，敢曰能大能小。雖有毛不揚之厚刺，粗守曰無妄之格言，鞠躬不安，仰首以訴。」

鼪供之曰：「伏以水中餘流，嵒下賤流，烐焰焦山，畏值牽狗之容，暗雪埋谷，愁見臂鷹之人，徒以毛品之稍佳，每痛軀命之易喪，不道巢居之跡，奄遭蔓延之災，寧欲無言，不必多辯。」

倉神覽供畢。并囚之。又詰於鼠曰：「若蜩若鼪似不與知，誰教汝偷乎？」鼠復供之曰：「獐與兔果教我也。」倉神縛致獐兔而問曰：「汝輩教鼠偷粟乎？」

獐供之曰：「伏以人譏長脛，自誇闊步，肉登鼎俎，忌網羅之巧張，性愛山林，喜叢薄之顏密，臥茅根而甘寐，齕草芽而充腸，肆罹池魚之殃，踠足而立，引吭長鳴。」

兔供之曰：「伏以系出中山，戚聯東郭，儵桂影而興感，猶記搗藥之時，緬管城之封，疏追憶賜浴之寵，何物邪穢之蟲，妄出援引之說，披肝而對，冀領于茲。」

倉神覽供畢。并囚之。又詰於鼠曰：「之獐之兔所供若此，誰教汝偷粟乎？」鼠復供之曰：「鹿果教我也。」

鹿供之曰：「伏以迹伴處士，契托山翁，伏周王之園中，詠歎之詩，賦也，興也，入樵夫之焦下，得失之夢，真耶？偽耶？魂喪挾矢之徒，戒在當路之食，自顧短尾之賤，乃與長腰之偷，亦關身災，何必角勝。」

倉神縛致鹿豕而問曰：「汝輩教鼠偷粟乎？」

豕供之曰：「伏以最稱冥頑，素喜犇突，食不擇潔，膨脝之腹已充，喙能穿堅，蹢躅之足 誰禦？只自上下於山坂，何曾踐踏於村墟，謂之愚蠢則誠然，斥之奸細則不近，頭可碎也，心豈服乎？

倉神覽供畢。并囚之。又詰於鼠曰：「鹿豕之供皆有所據，誰教汝偷乎？」鼠復供之曰：「羊與羔果教我也。」倉神縛致羊羔而問曰：「汝輩教鼠偷粟乎？」

羊供之曰：「以角者流，處毛群末，山間之石磊磊，隨一群而幻形，河間之草離離，舒四體而着睡，執云其性之狼，自覺此身之安，欲知情外之誣，實有頭上之白，我苟知也，神必殛之。」

羔供之曰：「伏以毛非一色，品備三牲，命懸庖廚，長恐伏臘之至，口齕草木，不辭風雨之疲，自喜

壙上之眠，不願倉底之牧，雖百口之交謫，無一毫之可疑，何與我哉？言止斯也！

倉神覽供畢。并囚之。又詰於鼠曰：「羊羔之冤，亦甚可憐，誰教汝偸乎？」鼠復供之曰：「猿與

象果教我也。」倉神縛致猿象而問曰：「汝輩教鼠偸粟乎？」

猿供之曰：「伏以亡自楚國，隱在巴山，明月孤舟，嘯驚旅人之夢，秋風古峽，啼斷逐臣之腸，攀樹枝

而寄巢，摘林果而爲食，身世自逸於物外，形影寧到於人間，面被發紅，容或快白。」

象供之曰：「伏以修牙擅珍，異標驚世，屹峙山岳，百神慴縮而驚魂，威凜風雪，千軍潮退而破膽

，縱葳五德之備，允爲百獸之雄，言念彼物之至邪，實有相克之積怨，勢不兩立，肯與交言。」

倉神覽供畢。并囚之。又詰於鼠曰：「猿與象也，斥汝甚峻，誰教汝偸乎？」鼠復供之曰：「狼與熊

果教我也。」倉神縛致狼熊而問曰：「汝輩教鼠偸粟乎？」

狼供之曰：「伏以行而行，貪戾之性，屛居深壑，欲避當路之譏，飢走荒山，未試禦人之術，肆

有羣居之樂，一任重惡皆歸然，此橫逆之來，初非夢寐所到，咄咄怪事，呶呶亦羞。」

熊供之曰：「伏以毛可禦寒，力能扛重，峯巒相互，誰攀枝上之棚，霜霰交零，自甘樹中之餓，入

人夢而叶吉，捋山君而爭雄，惟同氣之相救，豈非類而與密，毀可銷骨，悚且寒心。」

倉神覽供畢。并囚之。又詰於鼠曰：「狼熊之說，不誣而直，誰教汝偸乎？」鼠復供之曰：「騾與

騾果教我也。」倉神縛致騾驢而問曰：「汝輩教鼠偸粟乎？」

驢供之曰：「伏以兄事方瞳，第畜長耳，老嫗之妖術誕妄，幾變形於厩中；至尊之行色播遷，曾竄步於

棧上，不憂四足之蹶，早知強項之稱，自誇致遠之才，反遭求全之毀，游辭者戮，古法可稽。」

驢供之曰：「伏以鳴則驚人，技本止此，風雪橋上‧載尋梅之詩翁‧花雨村邊‧伴沽酒之醉客。　自遇黔州之變，甘受皁隸之馴，厖音每愧於括囊奇禍，忽憬於被縶，掩耳不得，頓蹄而啼。」

倉神覽供畢。幷囚之。又詰於鼠曰：「騾驢之供果有所據，誰教汝偷乎？」鼠復供之曰：「牛與馬果教我也。」倉神羈致牛馬而問曰：「汝輩教鼠偷粟乎？」

牛供之曰：「齊城舊功，周野遺種，停車道上‧不逢問喘之相公‧負薪山中‧猶想叩角之貧士，深恥無為後之謗，力彈將有事之時。惟此穿鼻之身，詎有利口之病，草率以對，牟然而啼。」

馬供之曰：「伏以吳門一練‧燕市千金，食之不以其力，難飽一石之粟，老矣！無所可用，誰憐千里之才？枕黃草而忍飢，望白雲而興悼咄，此射影之蜮弩，殆如過耳之蚊雷，奸狀躍如，何足疑也。」

倉神覽供畢。幷囚之。又詰於鼠曰：「牛馬之寃，余已洞知，誰教汝偷乎？」鼠復供之曰：「麟與獅實教我也。」倉神符致麟獅而問曰：「汝輩教鼠偷粟乎？」

麟供之曰：「伏以足不踐生，心戒嗜殺，待聖人而出，孔氏絕筆而嘆。雖童子亦知韓公著解而贊，自嫌物性之塞，或稱仁德之全，大抵橫侵之災，莫如直受不報，言亦污口，神其留心。」

獅供之曰：「伏以金天釀精，雪山毓氣，一聲雷吼，上方之衆魔自避，五色天成，中土之百獸皆慴，齒牙但利於決，石骨相礪，合於服箱。顧此劃地之寃，自有昭雪之路，苟欲辯也，不亦鄙乎？」

倉神覽供畢，使神兵守之。又詰於鼠曰：「麟與獅皆異獸也，初旣誤問，更何疑也？教唆之罪必有

所歸之處，汝實直告。」鼠復供之曰：「南山之虎，北海之龍，果教我也。」倉神撥致龍虎而問曰：「

汝輩教鼠偷粟乎?」

虎咆哮攫拏大怒，而供之曰：「伏以相稱食肉，志在嚙肥，吼裂蒼崖，轟霹靂於百里，橫行白日，峨

窟宅於千林，許多蠢蠢之群，並皆眈眈而視，彼鼠雛之可陋，與螘子而何殊?」

龍蜿蜓騰躍大吼，而供之曰：「伏以天用莫如，爵號有受，所能者，興雲致雨，眾被潤物之功，有時

乎在田，潛淵默運，若愚之智，澤及普天之下，人稱厥德正中，怪底白中之風波，亦及世外之水府，豈煩

瀆擾，自損威靈。」

倉神覽供畢，亦使神兵守之，心竊疑之，怒色勃然。又詰於鼠曰：「眾言汝奸，余之不言，自今以

後大可驗矣。竊廩之罪，實合萬戮。而姑緩汝死，詰汝謀首，汝之保碞刻之命亦幸也。汝當據實直陳，

以聽裁處。而援此引彼大小不捐，徒致紛舐，終無事實，汝罪又加一節矣。今夫奸偷竊人帑莊，尚有

協謀而同奸者，汝以一蟲之微，穴巨倉，蕩厚莊，斷非所獨判者，須速的指以告，不然即斧汝吭，刄汝

腸，以雪神人之憤。」

鼠乃惶恐不敢對，潛伏以思曰：「辭說繁，則難於撮要。援證眾，則眩於覈實。固緩獄之秘計，掩

奸之長算，而角髮之群，頑癡無識，費辭強辯，不肯自屈。而神怒猶嚇，刑法將加。雖使張湯對策，更無

書策矣。夫羽之族稟弱智短，以吾之術迫之，以神之威臨之，彼風翔而露翯，雨舞而霜嘷，朝嘲而夜咳者

，焉敢措一辭費一計而脫吾之械括哉?」乃盤行而進入。立而訴曰：「寬莫如漢高，而猶曰：「盜抵罪以

不治。」惟我明神，不惟不罪以不治，治雖以公法，詰其謀首，而不刑不威，若慈父仁兄責子弟之薄過微愆者然，噫！微神之德，老物之族已赤矣。若使諸子諸孫不死，必皆自剝其皮以縫神之裘，自拔其鬚以供神之筆矣。惜乎！子孫皆亡，宗族亦盡，惟此垂死之身，猶有所援，衆物之凶奸戾性未盡洞悉，老物實，苟且甚矣，情狀痛矣，固不欲與較而所恨。神之至明，即樹木之天也，老以平日所覩記者，請爲明神而告之，助神之明而贊神之威矣。合兩掌而告之曰：「再生之恩雖未報盡，明間之下何敢抵飾？所援禽獷猂獰狩，自掩其罪，不肯吐將何以報得丘山之恩乎？」乃飲泣淚數行下夫有榮則枯，有枯則榮，即其發也無心，其落也亦無心，桃則炫嬌艷之色，而悅人之目；矜灼爍之色，而蕩人之心。其視蓮之天然，梅之冷淡，何如耶？自以爲東向之枝，能逐鬼而呵神，一任巫覡之折，以爲祈禱之用，惑衆之罪烏得免乎？況秦民避苛政之酷，逃長城之役，扶携老幼，遠入武陵，青山隔世，流水阻人，而惟桃花不念培植之恩，欲爾隱淪之蹤，故泛清溪之波，引漁人之舟，以致歸告太守，使人物色，所幸者不辨仙源，終未得尋之也。不然安得免籍其戶，而徵其賦乎？古人有詩曰：「悔種桃花露蹤迹。」此非怨刺之語乎？柳則本無佳實，徒誇長絲，其質易萎，閨少婦見金色而起懷，況托根汴京，解亡隋王之國，籠烟古堤，空含萬古之愁。古人之詩曰：「傷心最是臺城柳。」此非悲涼之言乎？以此觀之，柳與桃皆不祥之木也。門神戶靈受天之命，各受其職，而驚動愚民，私享淫祀，冷炙殘盃，以充饞欲，貪官汚吏，竊簿盜粟，而慢不省悟，恬不撝呵。初旣共之於巨猾，反欲委之於微物。老身之冤，雖不足恤，廩曠之貢，其可以捨乎？猫則飽人之餘飯，舐人之餕羹

，與人雜處，伴人同宿，簷間燕雛，瓦下雀鷇，俱收幷吞，無日不飽，而猶且不足，流涎我鼠，欲之無厭，推此可知。且愛子之心，人物所同，而自食其雛，賊夫天天理性之殘忍，胡至於此極。犬則粗猛之性，最末於物。堯本大聖，而見而吠之。雪有何故？而驚而吠之，蠢且無知，乃如此也。況暗入秦，偸藏取狐裘，媚幸姬之心，脫孟嘗之急，手段之狷，無過於渠，而自掩其短，乃反刺我，何無恥也。所謂狗苟偸者，眞覷破其心肝也。猩則其輕佻，詐詰不測於毛群久矣。不必縷氣以溷神聽，姑撮其居家惡行，以陳之矣

。風霜漸緊，橡栗正熟，則奸騙九妻同居一室，佯示恩愛之私，若將偕老者。然衆雌荏弱，傾情露意，左攜右挈，前擁後隨，或入深林而拾橡，或竊果園而偸栗，督令搬轍，充其窖窟，然後潛謀曰：『九妻一日之糧，乃吾九日之食，供養一身一妻足矣』乃出其八而留其一，是可忍也，孰不可忍也。敎我偸栗即其餘矣。颻則性本秘陰，心不正大。攘攘萬物，莫非天地所胎，日月所照，而見天則匿，遇日則避

，戢身跼形，其族類之賤，無可與比。狐則本以邪穢之種，且挾幻化之術，掘人之殯，噉人之屍，竊其頭顱，假其形貌。遇男則爲女，遇女則爲男，美其容而誘之，巧其辭蠱之，或奪其魂而愚以此含憾，非一朝一夕，行身如此，其餘無足觀也。少日曾求婚於老物，老身以門戶之不敵，誓而斥之。

人之屍，竊其頭顱，假其形貌。遇男則爲女，遇女則爲男，美其容而誘之，巧其辭蠱之，或奪其魂而愚趁昏乘黑，出入人家，窃其饍肉，殺其生畜，娹鷄圈鴨，掠食殆盡，跡其奸狀，豈止偸食糠粃而已哉。狸則一動一靜惟狐是法。所未傳者，惟妖術也。猶且

蜎則外貌小，內實巧密，處則伸其頸，而偃仆於山椒，見人則縮其躬，而潛莊於木葉，田間露瓜，無力自運，則巧避人跡，窃負而走，樹梢霜果無智可取，則潛入鼪穴，偸取而食。其奸與狐狸何間哉？獺則族姓

繁然，盤據水陸，自誇捷疾，橫騖山林，侵暴寡弱，恣意啖食。且其長尾足以暖人，故眾皆不捨，或射或搏，而浮躁不恬，妄跳輕出，至今獵徒尋跟放火，滿山延燒，眾獸皆死，吹萬之族孰不切齒乎？獐則柔茅足以充飢，密林足以藏身，而夜下山溪，遍踏阡陌，齕其麥芽，傷其禾苗，使田夫無食，農人阻飢，比之老物，拾吞困中滲漏之粒，其禍孰烈？兔則以口吐子，種類自別，而其狡尤甚，小能敵大，畏虎之吞，則稱叔而獻諂，絓人之網，則媚蠅而產蛆，欺鷙而脫禍，瞞龜而渡河，其詐如此，豈肯直招？鹿則原無智慮，妄自尊大，自稱山人之友，而每竊獵夫之食，則其心盜也。妄許仙人之伴，頻入野老之網，則其跡污矣。供辟中大談應說，何其不自量也。豕則頑鈍之形，不忍正視，而徒是衝災之勇，而不節谿之欲，摧廓巖石，飽嗷蛇虺，穿破囷箱，飯食菽豆，此所謂盜之雄者。羊羔兩種，所以資生民之產業，而充國家之犧牲，欻散之際自有餘食，其一點之肉，俛而食之者，非一二遭。倉粟之波及，且老物久居倉中，朝暮目見，則拳曲之角闃然，觸而漏之，由竇而入，一握之肉，然巧飾之說，神何不燭？猿則嗜欲之病，根於損縮，未必不由於羔羊，而其供辭者，若不跡於倉下者，空其席而匿其身，以伺之。則猿知謀而訛其天性，機巧之人，設饌具酒，以繩縛人，示之於猿，旋則解之，人，徊徨往來不勝其饞，遂喫飯酒縛其同類，若人所為，乃突出而執之。其食欲之重可知。當時教導亦出分食之計，而到今牢諱，尤可絕痛。象則身雖長大，心則怲怯，且與老物本有世讎，老物潛行而進，突入其鼻，戕其身，而報其怨，蓋以此也。今日誣評無怪也。狼則殺生之心非不毒也，拉人之力猶不瞻也，若使其身健如猛虎，則戕殺之患豈止於虎熊？則力與虎均，勇非狼比，不剝其皮，不火

其骨，則必不輕服於平問之下矣。驪驥則矜其力而已，大其聲而已，刑而威之則豈不服乎？牛馬則耐人鞭策，服人驅使，而脫其羈，則直走於田疇，出於槽，則先入廚庖，非所貪食而求飽乎？況蹄其主而斃之者，有之。神以牛馬爲可馴之物，而其爲可信乎？麟則君子之所稱，古人之所賢，明神亦旣敬待，老物不敢譽毀，而第有疑於心者，孔子之聖與堯舜同，而未聞堯舜之世，麟降于郊，則麟之出，不必爲聖人也。名之所在，神亦過敬，此老物之所未解者也。獅則徒以其出入西域，指以爲神，異佛法，自西竺而出，浮誕妖妄，則獅之靈有愈於釋迦，而足以敬奉乎？至於龍虎則非不神也，非不雄也，暴珍天物者，非虎乎？傷人稼事者，非龍乎？虎之性暴，龍之心忮，古亦有云，今不更論，而神之敬信一至於此。若使老物健如虎，大如龍，則神不以爲竊粟之偷乎？所悲者，處於汚下，而體亦微細也，尤可怪者，無一種不巧不奸，此身飢，飽於渠，不關而敎之甚密，嗟之甚秘，可謂多幸矣。今若畏其陰害，不以實告，則是負神之德也，辜神之恩也。胡寧忍此穿壁之夜，夜色如漆，尺地不分，或觸於石，或碍於壁，如瞀墒堅，穿不及內，計沒奈何。忽有流螢，自林藪間出，閃火流光，無幽不燭，使老物賴於訖功。喙我者非螢乎？喙短壁堅，穿不及內，恐恐惴惴將爲人所知，俄已群鷄腷膊，一時呻啞，老物始知天氣欲曙，輟役而還，才入舊穴，巡倉之卒已擁至矣。老物若非鷄聲而遲留頃刻，則必爲巡卒之所殺，喙我者非鷄乎？」

倉神網螢鷄而至。問曰：「若屬喙鼠穴倉乎？」

螢供之曰：「伏以假形腐草，托身荒林，秋風扇涼，鼓雙翅而翔集，天光向晦，散萬點而炳焜，光透哲夫之囊，影流書生之案，當皎輝之幻畫，顧何物之不明，暗不欺心，明若觀火。」

鷄供之曰：「伏以職在司晨，聲能喚日，月未午於函谷，鳴送田文之行，夜欲央於司州，喚起祖逖

之舞，自惟報曉之習，何與求利之徒，必因啄粟之譏，引此窃米之證，此言奚至，其鳴也哀。」

倉神覽供畢。并囚之。引鼠而又詰曰：「二物之流火吐音職也，於汝不干，嗾汝者誰歟？」鼠復供

之曰：「蝸流涎而濕其壁，蟻出壘而螱其土，毗我者蝸與蟻也。」倉神驅蝸蟻而至，問曰：「若屬教鼠

穴倉乎？」

蝸供之曰：「伏以偏好處濕，本非劇乾，古礎荒階，間苔髮而粘殼，頹墻破壁，藉土文而流涎，或以

小角而喩功名之微，亦因藐質而比屋舍之狹，不道自濡之沫，轉成激射之波。」

蟻供之曰：「伏以兵家者流，軍旅是學。橫木渡水，尚感姜氏子之恩；斫槐毀城，愴遭淳于生之禍，

新業始創，於倉底舊習，猶講於壁間，彼何有心而看，反作藉口之實。噫！亦甚矣！此何言歟？

倉神覽供畢。又詰於鼠曰：「二蟲寃也，嗾汝者果誰歟？」鼠復供之曰：「積土委前，猾

猾搬運，殊未知一介烏圓潛身晻矣。杜鵑忽飛上樹枝而啼曰：『不如歸！不如歸！』老身方覺悟，疾走

。而烏圓磨牙堅爪，一躍入巳後，老物之行矣，以此獲免烏圓之禍。大石成堆，堅不

可穿，力疲氣蹶，勢將中輟矣，鸚鵡忽來坐老柯而言曰：『鼠穿穴！鼠穿穴！』老物邀其勸勉之意，而

忘勞忘倦，鑿之不已，而穴乃通，嗾我者非鸚鵡乎？」

倉神網杜鵑，鸚鵡而至。問曰：「若屬嗾鼠穴倉乎？」

杜鵑飛鳴而進，區區仰訴而納供曰：「伏以蜀帝遺魂巴峽，微品天連故國，豈無始發憤之心？月愁空

山，每送不如歸之響，遷客爲之隕淚，行旅聞之愴神，何必擇地而啼？固知無處不可，言之醜也，豈以聲爲。」

鴟鵑供之曰：「巧言能舌，慧心多警，微禽帶綠衣之號，說上皇於枝頭，懶婦驚繡幕之眠，喚侍兒於簾額，雖有解客之響，尚切不離鳥之嘆，可笑！好辦之械，終成陷人之禍，犯而不校，置之如何？」

倉神覽供畢。并囚之。又詰於鼠曰：「杜鵑之鳴，鳴其語也，鸚鵡之語，語其語也，喉汝者果誰歟？」鼠復供之曰：「老物日飫玉飯傲然自得，而猶不無戒懼之心，不怡者久矣。一日適人聲聞然，風日頗佳，欲紓幽鬱之懷，還歸舊隱之處，則黃鶯止於丘隅，歡迎而歌之，粉蝶遍於花間，相對而舞之，以助歡趣，倘於我者，非鶯與蝶乎？」

倉神網鶯蝶而至。問曰：「若屬倘鼠同樂乎？」

鶯供之曰：「伏以花房紅折，柳幕青歸，高低數聲，縈細烟而裊裊，綿蠻百囀，入晚風而依依，清晨送滿宮之愁，芳春惹受簡之興，固物性之難奪，何禍胎之忽萌，咽不成腔，歌甚於哭。」

蝶供之曰：「伏以雜花滿樹，芳草被堤，粉翅飄香，戲千門而栩栩，素質如雪，簇一園而紛紛，光生翠黛之簪，身化漆園之夢，初非作意之舞，竟作嫁禍之媒，若粘蛛絲，誰解鳥網？」

倉神覽供訖。引鼠而又詰曰：「鶯不自歌，而強謂之歌者，人也；蝶不自舞，而指謂之舞者，亦人也。其歌與舞不過自然而然。喉汝者果誰歟？」鼠復供之曰：「窮兒暴富，志願已足，有同擄傲倉之粟，高枕安樂，無復有糊口之憂，而所慮者，告訐變之發於所忽之地矣，乳燕以千般細語誘我，而

言曰：「知之爲知之，不知爲不知，是知也。」此則雖有究問者，而必欲以不知對之之意也。跳蛙進

一部鼓吹而言曰：『獨樂樂與衆樂樂，孰樂？』此則責我不與渠分食而同飽也，倘於我者非燕與蛙乎？」倉

神網燕捽蛙而問曰：『若屬果護鼠之奸，而分鼠之食乎？」

燕供之曰：「伏以趁春而來，遇社方去，含泥營壘，長在玉欄干頭，擘柳穿花，曾入烏衣巷口，雙

足繫佳人之札，痛被粧撰之言，一心銘舊主之恩，顏雖不變，心豈無慚？」

蛙供之曰：「伏以黃梅時節，青草池塘，新蒲漾波，正值家家之雨，濕鱬滿池，長吐閣閣之音，誰

能辨公私之鳴，惟喜窮日夜之吠，爭嫌若聲之喧聒，敢曰文字之形容，駁汗遍軀，怒氣撑腹。」

倉神覽供訖。引鼠而又詰曰：「燕之喃喃，蛙之聒聒，皆癖於聲。不可以口舌勒加其罪也

。嗾汝者果誰歟？」鼠供之曰：「蝙蝠鳥雀實嗾我也。」倉神網蝙蝠鳥雀而至。問曰：「若屬嗾鼠偸粟

乎？」

蝙蝠供之曰：「伏以爪似利針，翮如圓傘，謹乎出入之際，每赴三籟之收，處於飛走之間，幸免兩

役之苦，風微雨歇之夜，幾多掠人而飛，月落參橫之時，忽驚爲物所害，莫以貌取，實切身顏。」

鳥雀供之曰：「伏以智長擇木，心喜躁田，水村天晴，香滿啼花之閞，野疇霜晚，膏生啄粟之味，偏

驚不覺曉之眠，自得以鳴春之理，任自高蜚於雲外，笑他伏行於地中，如隔一塵，請貸三尺。」

倉神覽供畢。幷囚之。又詰於鼠曰：「蝙蝠鳥雀所供亦同，嗾汝者果誰歟？」鼠復供之曰：「莫黑

之烏，報喜之鵲，實嗾我也。」

倉神網烏鵲而至。問曰：「若屬敎鼠偸粟乎？」

烏供之曰：「伏以城頭欲栖，屋上亦好，寒食古墓，流水孤村，繞烟林而爭集，惟

吐啞啞之響，即未取憐於人，寧效喋喋之言，而又見忤於物，莫非命也。試垂察焉。」

鵲供之曰：「伏以慧性明心，軟語脩尾，雲間五色，頒赦書於南荒，墻頭一聲，報喜奇於北寺，或稱

知風之自，粗許搆巢之工，禍罟驚心，寒栗遍體。」

倉神覽供畢。又詰於鼠曰：「烏鵲之冤，余所明知。嗾汝者果誰歟？」

鼠復供之曰：「鴟與梟實嗾我也。」倉神網鴟梟而至。問曰：「若屬嗾鼠偸粟乎？」

鴟供之曰：「伏以長鳴喚雨，高飛戾天，食欲偏淡，啄腥腐而自飽。毛質輕舉，入廖廓而長嬉，嚇

鴟雛而妄爭，睨雞兒而密伺，恨未擾於溝上，乃遺患於倉中，速礫四肢，俾得一啄。」

梟供之曰：「伏以獲戾于天，未卜其晝，窮林月黑，引短頸而時號，喬木烟昏，翩小翮而倏逝，人忌

聲而遠徙，衆觀形而潛驚，信此質之至微，固其性之甚拙，株連之說，縷析是祈。」

倉神覽供畢。又引鼠而詰之曰：「鴟梟雖陋，其言則正。嗾汝者果誰歟？」鼠復供之曰：

「鵝與鴨實嗾我也。」

倉神網鵝鴨而至。問曰：「若屬嗾鼠偸粟乎？」

鵝供之曰：「伏以自吐遠聲，衆笑長頸，盤中之肉，不食於陵仲子之廉，案上之經，催書山陰道士之

換，浴淸波而弄影，向晴旭而刷毛，忝得警盜之稱，寧懷眤邪之志？以頭搶地，蹙足訴天。」

鴨供之曰：「伏以嗟喋陂塘，浮沈江海，物各有一定之分，續短脛則哀，蜚不過數丈之高，以廣啄

則啄，任逐波而潛泳，乍聞跫而決蜚，既非甫里之能言，安有燻穴之密語，慘被鉤引，請就鼎烹。」

倉神覽供訖。并囚之。引鼠而又詰曰：「鵝鴨之辯不啻明白？嗾汝者果誰歟？」鼠復供之曰：「鷦

鷦鵙鳩實嗾我也。」倉神網鷦鵙鳩而至。問曰：「若屬嗾鼠偷粟乎？」

鷦鵙鳩供之曰：「伏以飛似霖鈴，小如栗殼，蓬蒿滿野，巢不過於一枝，禾黍盈畦，食則飽於數粒。

恥百鳥之爭鬥，詫一物之優閑，誰使無營之蹤，遭此多言之咎，萬不近理，一則厚顏。」

鵙鳩供之曰：「伏以澗篠深處，山杏開時，暖旭晞毛，喚新晴而呦呦，喧風拂翮，穿晚霞而飛飛，形

移老人之節，名入舞姬之曲，營巢之智尚拙，懸河之辯本無，羽族何辜？毛舉以控。」

倉神覽供畢。并囚之。引鼠而又詰曰：「鷦鵙鳩言甚洞快，嗾汝者果誰歟？」鼠復供之曰：「鵪

鶉雊實嗾我也。」倉神網鶉雊而至。問曰：「若屬教鼠偷粟乎？」

鶉供之曰：「伏以但食草實，暗棲蘆根，伏周道之行塵，或被四蹄之踐，同山梁之美味，可謂具體

而微。地雖潤於一塗，翔不及於百步，分內惟窒苟活。此外更有何求？無尾可搖，瞑目而已。」

雊供之曰：「伏以采采之容，角角其響，三嗅而拱，曾起孔聖之嘆，五色成章，盜繪虞舜之服，衆

皆欲食其肉，自知難保其身。果然柔毛之侵，甚於猛虎之禍，羣咻可怕，一死何嫌。」

倉神覽供訖，并囚之。引鼠而又詰曰：「鶉雊無犯，據此可知。嗾汝者果誰歟？」鼠復供曰：「鷹

與鸇實嗾我也。」倉神網鷹鸇而至。問曰：「若屬嗾鼠偷粟乎？」

鷹供之曰：「伏以飢附飽揚，氣豪心猛，雲颼乍捲，拂蒼翮而掠林。夕照初低，逐黃耳而入谷，威積

振於廣野，殺氣騰於層空，雖駭虎其褫魂，況小蟲之逞毒，恨未一搏，誓不再言。」

鸇供之曰：「伏以欲則已盈，志不在大，雙翎疾於嚆矢，春然有聲，一影閃於長林，倏爾無跡，虛負

一羽之飽喫，惟聞衆舌之驚呼，祇解驅雀於彀，豈料如獸入穽，冲霄憤氣，滿紙危辭。」

倉神覽供訖。引鼠而又詰曰：「鷹鸇鳥之豪者，不可更問，嗾汝者果誰歟？」鼠復供之曰

：「鴻鵠實嗾我也。」倉神網鴻鵠而至。問曰：「若屬嗾鼠偷粟乎？」

鴻供之曰：「伏以江南地潤，塞北天長，一陣驚寒，夢回蘆荻之岸，數行流影，響落稻粱之郊，序

弟兄兄之行，連斜斜整整之勢。恒畏弋繪之患，未免魚網之罹，寧欲高飛，不如速死。」

鵠供之曰：「伏以跡遠塵土，志在雲霄，納納乾坤，實無樓托之所，冥冥日月，長懷皎潔之心。喜伴

隨陽之禽，慚類啄腥之鷲，居然若將浣之說，出於陋莫甚之蟲，何足介懷，不如無辨。」

倉神覽供畢。并囚之。又詰於鼠曰：「鴻鵠輕介，必無此理。嗾汝者果誰歟？」鼠復供之曰：「鸛

與鷲實嗾我也。」倉神網鸛鷲而至。

鸛供之曰：「寬閑野外，飲啄生涯，瞑色冉冉，投水樹而寄宿，晴川歷歷，傍崖葦而閑行，每愁少

年挾凡，或被行人投礫，內省不疚，外爍何憂。」

鷲供之曰：「伏以人皆謂賤家，莫能馴，月沈寒郊，衝曉烟而相喚，天連秋水，與落霞而齊飛，身

近被養之翁，步似抱蝶之吏。曰：『有聖物於此。』以致邪說之興，玉石不分，鐵鉞何畏？」

倉神覽供訖。并四之。引鼠而又詰曰：「鶴與鴛亦不與汝也，唼汝者果誰歟？」鼠復供之曰：「鴟

與鴛實唼我也。」倉神網鴟鴛而至。問曰：「若屬唼鼠偷粟乎？」

鴟供之曰：「伏以以忘機身，有樂水癖，謫仙詩上願與我而相親，渭川磯邊每見人而色舉，眠晴沙

而伴月，戲春洲而沼芳，顧物我之分，殊若仙凡之路隔，艮可苦也，何相逼耶？」

鴛供之曰：「伏以素翮霜凝，與自逸於烟汀，縞衣雪淨，立當青草，人送矚而易分，行傍白蘋，魚躍鱗而不避，拳一

足於秋渚，曝長絲於朝梁，謀豈及於糞壤，延頸上賓，如魚中鉤。」

倉神覽供訖。引鼠而又詰曰：「鴟鴛江海之鳥也，非汝匹適。唼汝者果誰歟？」鼠復供之

曰：「鶺與鷿實唼我也。」倉神網鶺鷿而至。問曰：「若屬唼鼠偷粟乎？」

鶺供之曰：「伏以健稱突擊，才長疾飛，飢不饞於肥毛，宗元義而著說，病見醜於俗眼，子美悲而

作詩，貌看幽翔之鷹，僕命華岳之隼嗛，彼貌爾之物，出此搆我之謀，不可痛乎？無足言者。」

倉神覽供畢。并四之。引鼠而又詰曰：「鶺鷿雖猛鷙，而奸細之行，吾未聞也。唼汝者果誰歟？」鼠

復供之曰：「翡翠鴛鴦實唼我也。」倉神網翡翠鴛鴦而至。問曰：「若屬唼鼠偷粟乎？」

翡翠供之曰：「伏以產自炎州，栖在靈嶠，瑞彩稱珍，曾入侯服之貢，麗質供玩幾，翫剌繡之工，繫

籠絛而受馴，處水雲而任適，常有妄飛之戒，本無輕發之言，抱羞未湔，受侮不小。」

鴛鴦供之曰：「伏以身浮漢水，名入周詩，浦日融融，母將雛而游泳，汀蘭郁郁，雄伴雌而浮沈。

詠五章於詩人，愧二夫於淫婦，惟其稱志操之潔，是以無口舌之災，忽被中傷，惟在下燭。

倉神覽供訖。并四之。引鼠而又詰曰：「翡翠鴛鴦質美性介，而不必與同惡，喋汝者果誰歟？」鼠復

供之曰：「鸂鶒鷿鵜實喋我也。」倉神網鸂鶒鷿鵜而至。問曰：「若屬喋鼠偷粟乎？」

鸂鶒供之曰：「伏以嘴尖抹朱，毛柔粧翠，幽澗水暖，泛清漪而雙鳴，芳洲草長，逐輕沫而群戲，

抽潛麟於藻下，擢細蝦於苔中，味不合於充庖，身豈患於入網，冤狀莫白，滿身皆青。」

鷿鵜供之曰：「伏以春江浪生，夕浦潮落，撇輕瀾而出沒，聲穿蛟室之烟，乘浮漚而往來，翅濕貝

港之雨，遠近菰野蓼岸，前後桂棹蘭槳，實所樂之在茲疇，載禍而鉤我，嘵舌可畏，此身何辜。」

倉神覽供畢。并四之。引鼠而又詰曰：「鸂鶒鷿鵜俱有所據，喋汝者果誰歟？」鼠復供之曰：「鷥

與鶴實喋我也。倉神網鷥鶴而至。問曰：「若屬喋鼠偷粟乎？」

鷥供之曰：「伏以星文表瑞，天姿挺奇，濁水狂塵，肯作俗人之玩，清都彩霞，不辭仙客之驂，朝殽

瓊樹之葩，夜宿瑤池之月，物有貴賤之自別，臭豈薰蕕之可幷，強辨亦勞，自反乃可。」

鶴供之曰：「伏以胎化青田，身遊紫府，臘梅香裡，伴和靖於孤山，玉笛聲中，隨子晉於緱嶺，影姿

姿而獨立，舞蹁躚而自娛。不料九皐之鳴，奄遭一網之打，羞辱已甚，虛實何論。」

倉神覽供訖。引鼠而又詰曰：「鷥鶴仙禽豈與汝較，喋汝者果誰歟？」鼠復供之曰：「鳳

凰孔雀實喋我也。」倉神網鳳凰孔雀而至。問曰：「若屬族鼠偷粟乎？」

孔雀供之曰：「伏以生禀元和，胸含灝氣，顧影自惜，珍彩尾之玲瓏，任飢深藏，恐尖嘴之抵觸，

毛拂桂枝之影。口吞琪花之香，揭玄圃而徘徊，與黃塵而阻絕，樞機既密，天淵自懸。」

鳳凰供之曰：「伏以蹌蹌其步，噦噦之聲，聞韶樂之九成，祥著虞庭之舞，覽德輝於千仞，瑞趁周

岐之鳴，惟所食者琅玕，肯托栖於枳棘？自以飢不啄之高志，寧嗛飽欲死之奸偷？蓋欲求生，不妨貸

死。」

倉神覽供訖。并囚之。引鼠而又詰曰：「鳳凰孔雀毛羽之靈者，不可以禽鳥視也，嗛汝者果誰歟？

鼠復供之曰：「鵬與鯨實嗛我也。」倉神網鵬羅鯨而至。問曰：「若屬嗛鼠偷粟乎？」

鵬供之曰：「伏以天地是居，海運則徙，背廣幾千餘里，不知其脩，翺搏九萬之天，亦有所待，初

因巨魚而化，反貽斥鷃之誚，夢蝶之叟已亡，捕鼠之說誰著，不知何狀，孔爲此言。」

鯨供之曰：「伏以氣衝六合，怒噴百川，蠡蔽青天，不怕任公子之釣，手捉明月，惟許李翰林之騎

，雄威壓蛟鰐之巢，先聲懾魚龍之窟，自期陸慴水慄，不料蠢作妖興，縱瀉層溟，難洗此恨。」

倉神覽供畢。并囚之。引鼠而又詰曰：「鵬與鯨處於海，與汝如牛馬之風也。嗛汝者果誰歟？」鼠

復供之曰：「此外亦有之矣。」倉神督令直言，鼠縮伏潛，思曰：「走者固冥頑不靈之物也，宜其倔強

不屈。飛者之恃惡舞奸，又至於此吁咄哉？飛鳥百數之種，豈無怵威惲怯者？飾辭自訟，皆將清脫。是

其詐智出吾上，不特三十里也，吾其庸哉！吾初既不思，逐服其罪，自持兩端，即吾家世傳之風，而至吾身

墜落莫保，豈不痛哉。然事已至此，悔不可追，若更引至微至細，無腹無腸者而以實吾言，則不受慘刑

必矣。」乃告曰：「飛走之屬皆戾氣所鍾，罪無不犯，犯則必死，乃反慢神之威，抗神之尊，文其說而工其謀，有犯而曰無犯，有言而曰無言，其罪浮於我也，其餘敎喋者，更何敢隱諱乎？蜂與蟬實喋我也。」倉神綱蜂蟬而至。問曰：「汝等喋鼠偸粟乎？」

蜂供之曰：「伏以窠必依樹，才巧獵花，蜜屬他人，反甘忍餓之苦，義事君長，莫慾報喬之期，候乍東而乍西，紛或左而或右，固短小而精悍，豈誕妄而浮誇，聽於無聲，斷無此理。」

蟬供之曰：「伏以髣若銅明，翼如紗織，七月流火，吸清露而延生，十畝濃陰，抱寒柯而吐語，學仙化而自脫，厭世紛而高翔。蓋其鳴之以腰展也，言不出口，本自暗默，於何聽聞。」

倉神覽供訖。幷囚之。引鼠而又詰曰：「蜂與蟬齊聲自辯，喋汝者果誰歟？」鼠復供之曰：「蜘蛛螳螂實喋我也。」倉神綱蜘蛛螳螂而至。問曰：「若屬喋鼠偸粟乎？」

蜘蛛供之曰：「伏以陰陰廣廡，短短疏籬，吐百尺之輕絲，綿綿不絕，結一團之密網，裊裊長垂，非關珍物之謀，只爲營食之計，高居小風波之處，俯笑多哺啜之徒，事有難知，患生所怨。」

螳螂供之曰：「伏以力微拒轍，飛或攙簾，側身於車塵馬跡之間，不死者，幸不齒於走獸飛禽之列，有生何爲？既心力之不強，詎口吻之能嚙，自怪無用之物，亦陷罔貸之科，神苟欲查，日亦不足。」

倉神覽供訖。幷囚之。引鼠而又詰曰：「蜘蛛螳螂亦以冤也，喋汝者果誰歟？」鼠復供之曰：「蜉蝣蜻蜓實喋我也。」倉神綱蜉蝣蜻蜓而至。問曰：「若屬喋鼠偸粟乎？」

蜉蝣供之曰：「伏以或聚或散，若有若無，暴陽乍飛，聚溝瀆而骰骰，繁陰密布，雜烟霧而濛濛，

伊形藐而氣微，任朝生而夕死，原巨細之有異，何怨毒之至斯？無使殘生，亦抱至痛。」

蜻蜓供之曰：「伏以頭目稍大，首尾相連，林皐夕陽，坐園翁之樵架，苦機細雨，立漁人之釣絲，乍來木麥花邊，未嘗鼓吻害物。旋向蘿蔔葉上，皆稱有口無言，神必有知，孰如其妄。」

倉神覽供之。并囚之。引鼠而又詰曰：「蜉蝣蜻蜓，物之最微者，不足多詰。嗾汝者果誰歟？」鼠復供之曰：「蠅與蚊實嗾我也。」倉神網蠅蚊而至。問曰：「若屬嗾鼠偷粟乎？」

蠅供之曰：「伏以受形瑣瑣，逐味營營，羈臣怨讒，久冒玷玉之誚，詩人起嘆，曾招止樊之譏。喜騁嗜於盂盒，恐捐生於塵尾，雖引類而共逐，寧與彼而相干，顧刺兇奸，使嘬腥臭。」

蚊供之曰：「伏以細如飛塵，巧穿重幕，密礪尖嘴，柳絮白而飢來，暗噴豐肥，櫻桃紅而飽去，誰復開情而納爭，思織毛而遮，每咄撲燈之飛蛾，終作沉羹之景赤，嚶嚶聚訴，鑒鑒甚明。」

倉神覽供之。并囚之。引鼠而又詰曰：「蚊蠅之微，似無所知，嗾汝者果誰歟？」鼠復供之曰：「蟾蜍蚯蚓實嗾我也。」倉神縛致而至。問曰：「若屬嗾鼠偷粟乎？」

蟾蜍供之曰：「伏以所患風癩，上吸日光，步履甚艱，仙影短於背上，腰腹空大，俗根深於心頭，深追薄太清之慾，自分守雪窖之餓，不能擇仁之處，未免與賊爲隣，然惟此殃實非始慮。」

蚯蚓供之曰：「伏以受氣高毒，無實冗長，嚴沍始凝，方蟄身於深穴，急雨初霽，乃伸腰於輕泥，縱云冥然無知，敢與疾足者謀，我則不然，毋或是信，」

倉神覽供訖。并囚之。引鼠而又詰曰：「蟾蜍蚯蚓蠢莫甚焉，問之無益矣。嗾汝者果誰歟？」鼠復

供之曰：「鰲與蠏實喉我也。」倉神網鰲與蠏而至。問曰：「若屬喉鼠偷粟乎？」

鰲供之曰：「伏以依石潛行，逢人走退，戴神山於海上，萬古不流，佐酒觴於樽前，八珍無味。家世本出於湖海支流，散處於川溪。恭著兩手之叉，暗愧寸舌之掉，詖遁之說，劈破何難。」

蠏供之曰：「伏以羣居藪澤，跡混泥塗，氣銳橫戈爭道，鼓蜣之嫡，巧微挾草，自愧郭索之名，恚殼碎而蹣跚，甘隱遁而沉沒，胡然切齒之怨，乃於無腸之身，憤氣莫伸，羞顏如甲。」

倉神覽供訖。幷四之。以鐵索縛鼠，倒懸於柱，命神兵具五刑之器，沸大鑊之水，以威之曰：「老賊當族，欲拘其徒，倘而後幷殺之，盈天地大小，翔走、肖喙、蠢動之物，無一介不被援其引，而卒歸虛妄，無可指的，奸僞之狀益著矣。」乃命神兵曰：「先以利劍刺鼠之喙，剝鼠之皮，投於沸湯之中，至烹爛消爍，無一片肥肉而後已。」鼠大恐，泣訴曰：「願乞一言而死。」倉神曰：「汝欲何言？」

鼠供之曰：「所援羣物非無所犯，有百倍於老身者，明神惟知老身之奸，而不知羣物之奸，尤所以抑鬱者也。治之不戮，此所以不服，非老身之誣也。以言乎光之大者，則日月之昭昭也，以言乎光之小者，則燈燭之煌煌也。而螢也以一殼之微，藉數點之火，綴樹流光，閃林揚輝，自以爲回宵爲晝之能，深宮秋夜，徒添棄妾之怨，虛堂微雨，空惱遠客之愁，其所爲何足稱乎？況狐狸之邪，豺狼之暴，無不吐火前導，引入人家，以遺無窮之害，其物雖小，其害實大。雞則爲人所養，受人之恩，宜具有利於人，而蹦人之菜圃，啄人之黍畦，或以雌而啼，或當夕而鳴，以殃其主，以害其家，此所以荒雞何足取乎？蝸則七竅不具，四肢俱闕，不可謂有生之物也。蟻則不過爲一蟲之微，而自開城廓，

妄立國號，有若富有四海者，然猥越之罪可勝誅哉？國家大號，尚且僭竊，況喙偷倉粟乎？杜鵑則皮

不傳毛，哭必吐血，則其相之窮可知。自不哺雛，臣視羣禽，則其心之愚可見，山川不隔，羽翮無礙，

欲歸則歸，誰禁而不歸。長呼不如歸之聲乎，雖自謂古帝之魄，吾不信也。況何處無樹，而必哭於客窗

之外，何日無晝，而獨鳴於夜月之中，此老物之所未解也。鸚鵡則黠，初生物之時，使人與物不通言語者

，理之常也。惟此禽能解人語，能通人意，有客必報，有事必告，此物之妖者，而妖物之言是信，老身

之至也，而輕輕軟質，人或愛之，翩翩粉翅，詩或賦之，其工於媚人，因此推知，或入達人之夢而幻，體

之招歸虛，妖不勝德，而果虛語矣。鶯則其色雖美，尚不及丹青之工也，其聲雖好，猶不如絲管之鳴，

而其色其聲不亦感乎？況其音或蕩、或哀，能使人喜，能使人悲，此妖於聲者也。其聲妖，則其心獨不

妖乎？然則神所謂邪者，非特此身而已矣。蝶則是一時化生之物，非五行完粹之氣者也，微莫甚焉，賤

之至也。而蟲人變化之術，神不可測，則安知其不化穴中之物，而偷食倉中之穀乎？燕則只工於

或化美妹之身，而蟲人變化之術，神不可測，則安知其不化穴中之物，而偷食倉中之穀乎？燕則只工於

言，而不慧其性，徒捷於飛，而不謀其身，爲人所使，傳其信書，則何其汚也。冒火處堂不知其禍，則

何其愚也？蛙則終宵聒聒，所訴何事？盡日閣閣，所吐何語？徒令人掩耳而已。其供辭中，隱然有閉口

無聲之意，其誰欺？非欺神乎？蝙蝠則本以老身門孽，右族貧寒，皆不聊生，故蝙蝠以賤加尊，棄如弊屣

，投屬於衆鳥，假其羽翮，藉其氣勢，老身門中欲役之，則曰：「鳥也。」衆鳥欲役之，則曰：「老身

之族也。」老身痛其心迹，累加誚讓，以此與老身構怨久矣，到此豈肯爲老身之地乎？鳥雀則其身未必

大於吾也，其智未必過於吾也，而自以爲翼而能飛，視老身之族若無物焉，而人若剪其羽翮，則必走入

於老身之穴，願托於老身之族，而老身拒而不許，或致餓死，彼之怨深矣，乘機擠陷，何足怪乎？烏則賦

得凶戾，聲且噎濁，人將死則必先知之，人將病則必先警之，故俗謂之鬼卒，雖自誇能作十二聲也，誰

肯愛之？鵲則似慧而詐，似巧而拙，啼於曉則或謂之報喜，而未必

盡然，浪得虛聲，寧不自愧？鴟梟則同一形也，五穀之美，無物不嗜，而既不能食之，太陽之明，無物不

燭，而亦不能近之。其種賤也，其性陰也，老物之受其指揮，亦足羞也，況以為之不嗉乎？鵝鴨則其

圈，適與老物之居相近，老身不勝其血氣之憤，潛入其圈，先嚙鵝之脚，則鵝叫而走，又嚙

鴨之胸，則鴨至於肉盡骨出，而喋無一聲，其忍詬若此，豈可以平間取服乎？鸕鶿則厥質甚貌，其中何有？鷿鷉則其

性甚拙，何事可辦。鶪與雉以味而死，鷹與鸇有才而羈，有味者不如無味，有才者不如無才，尚矣。噫！

老身亦無小智，而無賤計，安有今日之禍哉？鳩鵲則見色而翔，其勢非不遠死也，猶死於

戈人之徽，與老物因口腹而死，抑何間哉？鶴鷺啄長而已，脚長而已，則所長者惟啄與脚，其智短，而

或死於徼矢，其計拙而或傷於投石，亦何異於老身？長於謀食，而短於謀身乎？鷗其外雖白，其內則

黑，故莫黑之烏，亦自譏之，是以知外白，而內黑，其內黑，則其心黑，嗛我偸

粟更有何疑？鶬鶬其氣猛也，其心鶬也，猛鷙之物，雖死不畏，何忧於空言，而自服其罪乎？翡翠鴛鴦

徒以毛羽之美，能脫縲絏之厄？若使兩禽之華。彩移換老身之陋質，則亦將超然高免矣。鳲鳩鶗鴂朝而食

魚，暮而食魚，豈其慾獨深於魚，而淺於他哉？鸞鶴與鳳凰孔雀是非既紊，曲直可置。而獅象麒麟既以

異獸而得免，則禽之靈者獨不得脫乎？鵬與鯨也，吾不敢較其大也，角其雄也，所爭者只在冒干於不干

之處，而以其大而赦之，以其雄而放之，阮哉？小且微也，若蜘蛛、若蜂蟬、若螳螂、若蜉蝣、若蜻蜓

、若蠅蚊、若蟾蜍、若蚯蚓、若鷥鷴之屬，或翼而無尾，或甲而無翅，或皮而無足，既不能具物之體，顧

安能有物之性乎？然惟有一端之奸心，能解嗛我而偷粟，此老身之亦所以疑者也。」言畢，猛犬垂涎而

吐舌，惡猫欲嚙而嗔目，鼠肉戰心掉，不知所為，乃告曰：「果真箇敎嗛者，謹當直告矣。」倉神大怒曰

：「先以右擊碎牡齒。」鼠連聲大號曰：「天之神，地之祇，野之魍魎，山之夔魃，蒼蒼之松，鬱鬱之栢

，蓬蓬之風，內冪冪之雲，冥冥之霧，厭厭之露，落落之星辰，皎皎之日月，皆上帝之命，使我恣倉中之

粟矣。老身抑何罪焉？」

倉神撫掌大怒曰：「造化翁多事，生此惡種，公然貽害於萬物，使之歸怨於上穹，物祖安得辭其責

乎？其所連累千百其種，且其不道之言，誣及上帝，此大逆也，不可不上之於天，以俟處分矣。即越宿詣湯

沐，上謁於帝，乃奉進其文簿而告曰：「臣既不能典守民天，又不能痛繩奸偷，臣罪實合萬戮。然獄事蔓

延，傷生必多，賊蟲既發犯上之語，則非下臣所可決，惟上帝其命之。」上帝閱其案，而領其綱，即判之

曰：「下界小蟲奸猾之罪，不足煩我之聽，而既言其罪，則不可不降天之罰，行天之誅，以謝靈禽異獸之被

誣者，倉神汝其歸斬賊蟲於太倉之前，棄其屍於九街之上，使有喙、有爪、有齒者，任其剝嚙臠分，以洩其

憤，所囚羣禽衆獸一皆放送，賊蟲巢穴支屬，蕩掃誅戮，毋使易種于下土。」倉神俯伏聽命，辭歸。太倉

以極刑斬賊蟲於倉舍之前，大開獄門，盡放諸囚。而言曰：「上帝有命，任汝等報仇矣。」羣禽衆獸歡呼

叫噪，翔者走者或鼓兩翅，或躍兩足，軒天蔽地，倏如雲散，於是猫犬直走賊蟲之巢，盡殺六親，及遠

近族屬，無遺種。狐與狸嚙其頭，烏與鳶啄其腹，鷹與鸛攫其四肢，豕與猘齕其腰脊，蝟負脇而歸，螳螂抱其尾而飛，鷄雉啄其蟲蛆，鳥雀含其毛而翔，蚯蚓、蠅蚊、螻蟻吮其血。龍與虎不顧而去，其餘不食生者，亦皆欲磔食其餘屍，麒麟鳳凰止之曰：「甚矣！汝等之報仇也，何至於此極？」皆散而去，倉神縱神兵掠其巢穴，賊蟲之屬，盡爲猫所殺，遂夷其土而塞其穴。是後倉粟無耗縮之患矣。太史曰：「火不撲則延，獄不斷則蔓，向使倉神案其罪而即磔之，則其禍必不熾也。噫！戾氣所種，豈獨穴倉之一也哉？吁！可畏也！」

〈일러두기〉

원문의 읽는 방식이 한문 세로쓰기로 오른쪽에서 왼쪽으로 쓰여졌으므로 맨 뒤에서부터 읽어야 합니다.

·묘墓: 전남全南 나주군羅州郡 다시면多侍面 가운리佳雲里 신걸산信傑山·

백호선생白湖先生 임제林悌 연보年譜

휘諱는 제悌, 자字는 자순字順, 나주羅州 회진인會津人이다. 풍강楓江·
백호白湖·벽산碧山·소치嘯癡·겸재謙齋 등의 별호를 썼는데 백호白湖로
널리 알려졌다. 풍강楓江은 임씨林氏의 본향인 회진會津 마을 앞으로
흐르는 영산강을 이름이요, 백호白湖는 옥과현玉果縣의 무진장無盡藏
이란 곳에 흐르는 섬진강 지류를 가리키는데 그곳에 외가外家가 있었
다. 지금 곡성군谷城郡 옥과면玉果面 내동리內洞里 묘는 나주시羅州市 다
시면多侍面 가운리佳雲里 신걸산信傑山 기슭에 있다.

할아버지는 휘가 붕鵬, 벼슬이 경주부윤慶州府尹에 이르고 호를 귀

래정歸來亭이라 하였으며, 부친은 휘가 진晉, 자는 희선希善(1523~1587)으로 오도병마절도사五道兵馬節度使를 역임하였다. 모친은 남원윤씨南原尹氏이다. 선생은 5남3녀의 맏이로, 아우는 선환恒(자는 자관子寬, 호는 백화정주인百花亭主人)·순恂(자 자침子沈, 호는 강계공江界公, 관지절도관之節度)·환懽(자는 자중子中, 호는 습정習靜), 탁㤞(자는 저정子定, 호는 창랑정滄浪亭)이 있었다.

부인은 공인恭人 경주김씨慶州金氏 대사헌大司憲 만균萬鈞의 따님이다. 4남 3녀를 두었으니, 남아는 지地·준埈·탄坦·계垍니 모두 네명이었다. 사위는 병조좌랑兵曹佐郎 김극녕金克寧 증영의정贈領議政 허교(許喬; 허목許穆의 부친), 후릉참봉厚陵參奉 양여백楊汝栢이다.

• **명종 4년 기유己酉(1549), 11월 20일 회진會津, 향제鄕第에서 태어나다.**

"회진會津은 나주羅州 서쪽 15리에 위치해 있는데 본래 백제百濟의 두힐현이며 신라新羅 때 회진현會津縣으로 바뀌었고, 여조麗朝에서 나주羅州에 속해졌다(新增東國與地勝覽 羅州牧 古跡條)." 이곳은 임씨林氏의 본향지本鄕地로 지금 행정구역으로는 나주시 다시면 회진리이다.

"타고난 재질이 절등하여 하루에 수천 언言을 외울 수 있었고 문장이 호탕한데 시에 특징이 있었다."(허목許穆 撰〈林正郞墓碣文〉이하 墓文으로 약칭)

• **명종 18년 계해癸亥(1563) 15세, 경주 김씨慶州金氏 만균萬均의 따님과 결혼하다.**

"공인恭人 경주 김씨慶州金氏는 조부祖父 휘 천령千齡으로 강정康靖;成宗 때 이름 있는 분으로 직제학直提學을 지냈으며, 부夫 만균萬均은 공희공僖(中宗)·공헌恭憲(明宗) 사이에 벼슬하여 대사헌大司憲이 되었고, 모母는 순흥 안씨順興安氏다. 가정嘉靖 27년(1548) 7월 3일 생으로, 16세에 공의 배필이 되었고 공이 몰殁한 4년 12월 6일에 몰하여 합장하다."(묘문墓文)

• 선조 1년 무진戊辰(1568) 20세, 비로소 학문學問에 뜻을 두다.

"어린 나이에 실학失學을 하고 자못 협유俠遊를 일삼아 창루娼樓·주사酒肆에 분방하게 자취가 미쳤는데 나이 20에 들어서 비로소 학學에 뜻을 갖게 되었다."(의마부意馬賦)

• 선조 3년 경오庚午(1570) 22세, 이해 가을 대곡선생大谷先生 성운成運의 문하를 찾아가다.

"그 학습한 바 또한 조장회구雕章繪句에 지나지 못하고 과문科文에 힘을 써서 유사有司의 눈을 현혹시키고 당시에 이름을 노리는 그런 것이었다. 그 후 과장科場에서 누차 실패하고 세속의 취향에 맞지 않아 홀연히 원유遠遊의 뜻이 일어났다. 경오庚午년 가을에 천리어千里魚가 되어 책상 아래서 한번 뵈올 기회를 얻고 조용히 모시고 앉았더니 문득 떠나가고 싶지 않은 마음이 있었으나 사세가 또한 오래 머물기 어려워 서글픈 마음으로 하직을 하였다."(의마부意馬賦 서序)

• 선조 4년 신미辛未(1571년) 23세, 모친상母親喪을 당해서 고향으로 돌아오다.

남원 윤씨南原尹氏는 좌찬성左贊成을 지낸 윤효손尹孝孫의 4대손孫
이다.

▪ 선조 6년 계유癸酉(1573) 25세, 이 해 겨울에 다시 속리산俗離山으로 들어가다.

"계유癸酉 겨울에 다시 선생을 찾아뵈었으니 비록 인사에 구애되
는 바 있어 풍진 사이에 분주하였으되 향모向慕의 마음은 어찌 일찍
이 하루라도 책상 아래에서 떠날 때가 있겠는가. 지금 법주사法住寺
는 종곡鍾谷으로부터 자못 산이 몇 겹 격해 있어 비록 조석으로 제자
의 예를 거행하지 못하지만 자주 승안을 하여 미욱한 기질이 거의 바
뀌어갔다."(의마부意馬賦 서序)

(종곡鍾谷은 대곡선생大谷先生이 우거한 곳이며, 공公은 법주사法住寺의 주운암住雲庵에

거처 하셨다—到住雲庵詩)

"임제林悌는 속리산俗離山에 들어가 중용中庸 팔백독八白讀을 하고,
얻은 글귀가

도불원인인원도道不遠人人遠道 산비리속속리산山非離俗俗離山이다. 이
는 중용中庸의 말을 쓴 것이다."(《지봉유설芝峯類說》)

이 무렵 의마부疑馬賻를 지었다.

▪ 선조 8년 을해乙亥(1575) 27세, 박관원朴灌園을 처음 만나다.

"지난 을해 년에 왜구의 소요가 있었는데, 공은 이때 호남湖南을 진

무鎭撫하였던바, 나는 포의布衣로 막부幕府에 출입하였다."(정관원시 자

주로灌園詩 自註)

관원灌園은 박계현朴啓賢(1524~1580, 자 군옥君沃, 호 관원灌園 밀양인密陽人)이니

전라감사全羅監司로서 왜구의 침입에 대비하여 나주에 주둔해 있었

다. 관원灌園과는 이후로 서로 사귐이 깊어 수창한 시를 많이 남겼다.

(痛哭灌園老 相逢乙亥年 征南開幕府 殘子杖金鞭－悼灌園先生)

- **선조 9년 병자(병자: 1576) 28세, 4월에 중부仲父 풍암공楓巖公의 상을 당
하다.**

"공의 휘는 복復이니 일찍이 승문원承文院 정자正字로 무신사화戊申

士禍에 연좌蓮坐되어 강호江湖에 떨어져 시주詩酒로 자오自娛하시었다.

수壽 또한 길지 못하니 오호 통재라."(仲父楓巖先生軼 의自註)

《원생몽유록元生夢遊錄》,《수성지愁城誌》를 이 무렵에 짓다.

이 해 7월에 박계현朴啓賢이 경연經筵 석상에서 왕에게 성삼문成三問

의 충절을 말하고 남효온南孝溫의 육신전六臣傳을 읽어보도록 권했다

가 왕의 진노를 샀던 사건이 있었다. (《實錄》宣祖 九年 丙子 七月條 , 李珥의〈經筵

日記〉卷2, 灌園公行狀 참조)

《원생몽유록元生夢遊錄》은 이런 사실과 관련해 지었던 것으로 생각

된다.

《수성지愁城誌》 또한 창작 연대를 알 수 없다.《수성지》는《원생몽

유록》과 주제의식이 통하기 때문에 여기에 붙여둔다.

"그의 산문散文은 많이 읽어보지 못하였으나 이른바 수성지란 것은 문자가 생긴 이래 하나의 별문자別文字이니 천지 사이에 이 글이 없다면 자연히 한 결함이 될 것이다."(허균許筠의 〈학산초담鶴山樵談〉)

• 이 해에 진사進士로 등제登第하다.

"감시監試에 탕음부蕩陰賦 유독시留犢詩를 바쳐 진사進士 제삼인第三人으로 뽑히다."(墓文)

송순宋純(1493~1582)을 위해 면앙정부俛仰亭賦를 짓다.(吾亭賦詩筆不爲不多每以

無長句敍景物爲登臨欠事 今忽得之 朝暮吟詠之聞 暢批探懷子 何萬金之錫乎 ～～～ 丙子六月 慨望 俛仰老人

-〈俛仰先生集〉卷3, 答林上舍子順)

• 선조 10년 정축丁丑(1577) 29세, 정월正月에 속리산俗離山에서 나오다.

"정축 신정新正 초이튿날 산에서 나와 초나흗날 선생께 하직을 여쭙고 장암동藏巖洞 김원기金遠期 집에서 묵다."(文集 卷3의 詩題) 이때 "행장금검소치자行裝琴劍嘯癡者 배사대곡귀강남拜辭大谷歸江南."이라고 읊다.

• 9월에 문과文科에 급제及第하여 승문원承文院 정자正字에 배수되다.

알성방謁聖榜 15인을 뽑은 중에 이명二名으로 들다.

• 11월에 제주濟州로 근친覲親을 떠나다.

"정축년에 대부大夫가 제주목사濟州牧使로 계시었다. 공은 등제한 다음 신은新恩으로 바다를 건너 근친을 갔다."(入耽羅詠橘詩--自註)

"동자를 시켜 행장을 꾸리는데 다만 어사화 한 송이에 현금玄琴 1
장張, 보검寶劍 한 자루뿐이었으며, 부친이 집에 두고 키우시는 호총
마胡聰馬를 타고 떠났다. ……지월至月 초 6일에 두 아우와 함께 남당
포南塘浦에서 배를 탔다."(《南冥小乘》)

이 여행의 기록으로 〈남명소승南冥小乘을 남겼으며, 만제한라산漫
題漢拏山 등 수많은 시편 및 〈귤유보橘柚譜〉등을 지었다.

- **선조 11년 무인戊寅(1578) 30세, 2월에 부친을 하직하고 제주도를 떠나다.**

"2월 그믐날 급급히 행장을 꾸리고 들어가 부친께 하직을 여쭙다.
3월 3일에 본가에 당도해서 형제들이 모두 모여 닷새를 함께 지내고
곧 서울로 올라갔다."(《南冥小乘》)

- **3월 상경하는 길에 남원南原을 들러 광한루廣寒樓에서 시회詩會를 가지
다. 용성수창집龍城酬唱集으로 묶여지다.**

"백호白湖가 바다를 건너 영친榮親을 하고 돌아오는 길에 해변을 거
쳐 남원南原에 도착했다. 그 때 부사府使 손여성孫汝誠이 문인文人들을
초치하여 광한루상廣寒樓上에서 시를 지어 전별을 하는데 옥봉玉峯(白
光勳), ·손곡蓀谷(李達) ·백호白湖 및 선군先君(梁大撲)이 참석하여 일시의 성
회를 이루었다. 그 때 창수 한 시를 모아 일부를 꾸며 서울에 유포되
니 드디어 지가紙價를 높였다."(《霽湖詩話》)

• 이 무렵 동서東西 붕당朋黨이 심해지다.

"문사文詞로 이미 세상에 이름이 날로 높아갔는데, 이 때 동서붕당
東西朋黨의 물의가 일어나 선비들은 명예名譽로 다투며 서로 추켜세우
고 끌어들이고 하였다. 공은 자유분방하여 무리에서 초탈한데다, 굽
혀서 남을 섬기기를 좋아하지 않은 때문에 벼슬이 현달하지 못했다."
(墓文)

이런 현실과 관련하여 화사花史를 지었을 것으로 추정된다.

• 선조 12년 기묘己卯(1579) 31세, 이 무렵 고산도高山道 찰방察訪으로 부임
하다.

"일찍이 고산도高山道 찰방察訪으로 북관北關에 나가, 양사군楊使君
(楊士彦)·허학사許學士(許篈)·차태상車太常(天輅)과 함께 가학루駕鶴樓에 올
라 창수를 하여 1권이 만들어졌다."(墓文)

(고산高山은 함경남도咸鏡南道 안변安邊에 있으며 가학루駕鶴樓도 그곳에 있다.)

고산자高山道 찰방察訪으로 있을 때 전운관轉運官으로 그 지역을 왕
래하며 기행시紀行詩 및 황초령黃草嶺 장가행長歌行 등 많은 시편을 남
기다.(去年十月黃草嶺, 今年十月黃草嶺一爲轉米差使員一爲納衣差使員一一〈長歌行〉)

• 선조 13년 경진(庚辰: 1580) 32세, 이 해 봄에 서도병마평사(西道兵馬評事)
로 부임하다.

"지난 경진년 봄에 나는 이 도의 병마서기兵馬書記로 다시 북새北塞
로 나가는데 길이 성천부成川府를 경유하였다. 갖옷으로 백옥소관白

玉小官을 바꾸어 초천원草川院에서 일숙을 하는데 마침 달이 밝고 인적이 고요하여 한 곡조를 불다."(文集 卷2의 詩題)

이 기록은 서도평사에서 북도평사로 나간 것으로 해석할 수 있는데 바로 전해에 고산도 찰방으로 있었던 사실이나 《택당집》의 기록과 모순이 된다. 후고後考를 요한다.

"묘향산妙香山 성불암成佛庵에서 휴정休靜을 만나 이야기를 나누다."

(文集 卷1의 詩題) (一鳥不鳴處일조불명처, 二人相對閑이인상대한, 塵冠與法服진관여법복, 莫作兩般看막작양반간−成佛庵성불암 邀靜老話요정노화), 휴정休靜의 제자 유정惟政에 대해서는 공문우空門友로 호칭을 한 말이 보인다.

"공은 병법兵法을 좋아하여 보검寶劍을 차고 준마를 타고 하루 수백리를 달리곤 하였다. 북평사北評事로부터 서평사西評事로 옮길 때 일부러 어사御使의 전도前導를 범해서 탄핵을 받았다."(《澤堂集》, 續卷 卷1)

• 선조 15년 임오壬午(1582) 34세, 해남현감海南縣監이 되다.

이 해 해남 출신의 시인 옥봉玉峯 백광훈白光勳이 졸卒하여 그 만사輓詞를 지은바 해남현감海南縣監으로 관직이 씌어있다.(《玉峯集》附錄)

• 선조 16년 계미癸未(1583) 35세, 평안도 도사平安道都事로 부임하다.

"계미년에 당막幕幕에 들어가 이듬해 봄에 왕사王事가 내게 닥쳐서 재차 그곳(成川府)을 지나게 되었는데 계산溪山의 풍경은 완연히 전일과 같았으나 정해진 일정이 촉박하여 그 때의 풍류風流 감회感懷가 다시 있을 수 없었다."(文集 卷2의 詩題)

"지금 송도松都 큰길가에 진이眞伊의 무덤이 있다. 임제林悌가 평안도 도사平安道都事가 되어 송도松都를 지날 때 그 무덤에 글을 지어 제를 지내니 마침내 조정의 비평을 받았다."《어우야담於于野譚》

이 때 "청초靑草 우거진 골에 자는다 누웠는다. 홍안紅顏은 어디 두고 백골白骨만 묻혔나니 잔 잡아 권할 이 없으니 그를 슬퍼하노라."의 시조를 지었던 것으로 추정된다.

〈패강가浿江歌〉 10수 등을 남겼던바 신광수申光洙는 《관서악부關西樂府》에서 "문장성대文章聖代는 다시 돌아오기 어려워라. 임제林悌는 일찍이 피리를 불며 왔도다."고 노래하였다.

- **선조 17년 갑신甲申(1584) 36세, 이 해 겨울 평안도 도사平安道都事의 임기를 마치다.**

이 때 평양平壤의 부벽루浮碧樓에서 몇 문인文人들과 수창酬唱하여 〈부벽루상영록浮碧樓觴詠錄〉을 남겼다. "제悌는 서경막객西京幕客으로 과만瓜滿이 되어 돌아올 즈음 병을 안고 무료히 홀로 앉아서 공중에다 글자를 그리고 있었다. 우연히 김이옥金爾玉·황응시黃應時·이응청李應淸·김운거金雲擧·노경달盧景達 등과 호사湖寺의 약조를 하여, 동짓달 초승달이 뜨음한 때 나가 놀기로 했다. 마침 속사俗事에 응할 일이 있어 어둠을 타고 곧장 부벽루浮碧樓에 이르렀다. 산은 높고 달은 조그만데 수위는 떨어져 돌이 드러나니 정히 소자첨蘇子瞻의 〈후적벽부後赤壁賦〉의 놀이의 물색이 짙었다. 이에 함벽菡碧에서 술을 마시고 영명사永明寺에서 잠잤다. 때는 만력萬曆 12년 갑신이다."《浮碧樓觴詠錄序》

166

평안도 도사平安道都事를 거친 다음 흥양興陽(지금 전라남도 高興의 옛 이름)현감으로 부임한 사실이 있는데 그 연조가 확인되지 않는다. "변방 삼도三道 말안장에 허벅지 살 쪽 빠졌는데, 이제는 고을살이 남쪽 땅으로 나간다." (이 시제는〈向高興〉인데 "爲興陽 詩作"이라는 自註가 있다. 一文集 卷3)

- **선조 20년 정해丁亥(1587) 39세, 6월에 부친 절도공節度公의 상을 당하다.**

"절도공節度公은 용력勇力이 좋아, 18세에 무과武科에 뽑혀, 변방고을을 지키며 군사를 거느린 지 여러 십년에 관서절도사關西節度使까지 오르고 돌아가셨다. 바야흐로 나라가 평온하고 변경에 일이 없어, 공은 사졸들을 어루만져 방수防守를 조심하게 하며 외이外夷와의 사이에 일이 발생치 않도록 주의시켰다. 탐라耽羅와 관서關西에 정청비政淸碑가 섰다."(〈墓碣陰記〉-許穆 撰)

절도공節度公의 작作으로 "활 지어 팔에 걸고"라는 시조 1수가 전한다.

- **8월 11일에 39세로 몰歿하다.**

마지막 관직은 예조정랑겸사국지제교禮曹正郎兼史局知制教로 되어 있는데, 그 연조는 알 수 없다. 〈자만自輓〉을 지었으니 이러하다.

"강호상에 풍류 40년 세월에 맑은 이름 얻고도 남아 사람들 놀래었네. 이제 학을 타고 티끌세상 벗어나니 천도복숭아 또 새로 익으리."

(江漢風流四十春, 清名嬴得動時人. 如今鶴駕超塵網, 海上蟠桃子又新. 一文集卷3)

"당시 인사들이 모두 공을 법도法度에서 벗어난 사람으로 보고 그들이 취한 바는 문사文詞뿐이라고 했는데 이찬성李贊成 이이珥, 허학사 許學士 봉箕, 양사군楊使君 사언士諺 같은 분들은 그 기기奇氣를 허여許 與하였다.(墓文)

"그의 시는 대체로 천기天機에서 나와 성운색택聲韻色澤이 호매 유 려하니 백사白沙 이상국李相國은 늘 일컫기를 자子순順의 시는 두목지 杜牧之와 같다고 하였다."(家乘)

"나는 일찍이 공과 더불어 경치를 만나 시를 수창해보았다. 가만 히 그 시 짓는 것을 보니, 우선 흉중에서부터 막힘 없이 비유를 끌어 오고 글을 엮어 가는데 실로 자유롭게 문자의 밖으로 초탈해서 능히 근진根塵의 찌꺼기를 깨끗이 털어내되 충분히 함양하고 다듬는 것이 었다. 그런 고로 뜻이 가는 대로 말이 따라가 상상할 수도 없이 물이 샘솟듯 구름이 일어나듯 저절로 일가一家를 이루니, 마치 오색 신기 루가 바다 위에서 떠서 누각이 저절로 만들어져 자귀나, 도끼를 댈 여지가 없는 것과 같았다. 이 어찌 한유韓愈의 이른바 '물이 크면 그 위에 뜨는 물건이 크고 작고 가릴 것 없이 모두 뜬다'는 것이 아니겠 는가."(李恒福,〈白湖集序〉)

백호白湖의 풍모를 오봉五峰 이호민李好閔은 "검은 얼굴에 규염虯髥, 의기도 대단하구나.(鐵面虯髥多意氣一輓林白湖)"라고 그렸다. 관원灌園 박계현 朴啓賢은 또한 "금석 같은 소리에 현하의 구변(聲如金石口懸河一再次林評事五道)" 이라고 그 언변의 특징을 나타낸 바 있다.

"임백호林白湖 제悌는 기상이 호방하여 검속당하기를 싫어했다. 병으로 장차 죽음에 임해서 여러 아들들이 슬피 통곡을 하자 그가 말하기를 '사해의 여러 나라에서 칭제稱帝를 하지 않은 자가 없거늘 유독 우리나라는 종고終古로 해보지 못했다. 이런 누방陋邦에 살다가 가는데 그 죽음을 애석해 할 것이 없다.' 하고 곡을 못하도록 명하였다."

《星湖僿說》

- 선조 22년 기축己丑(1589) 몰후歿後 2년, 기축옥己丑獄에 무고를 입어 장자長子 지地가 국문을 당하다.

"공이 돌아가신 후 어떤 자가, 임모가 역괴逆魁(鄭汝立을 지칭함)와 더불어 항우項羽를 논하여 '그는 천하 영웅인데 성공을 못한 것이 애석하다' 하며 인하여 서로 마주 보고 눈물을 흘렸다.'고 무함을 하였다. 이 말이 전해져 삼성三省에서 그 아들 지地를 국문하니, 지地는 공이 지은 〈오강조항우부烏江弔項羽賦〉를 제출하였다. 그리하여 용서를 받고 변방으로 귀양을 갔다.《鶴山樵談》

기축옥己丑獄이 나기 1년 전인 3월에 정여립鄭汝立이 진안鎭安에 들러 그곳 현감縣監 민인백閔人伯과 자리를 함께 한 일이 있었던 바, 그 석상席上에서 민閔이 "임제林悌가 평소에 함부로 말하기를 '자고로 나라를 세운 자 치고 모두 천자天子를 일컫지 못한 자 없었거늘 유독 우리나라만 그렇지 못했다. 후일에 한번 필히 천자天子로 칭해야 할 것이다.' 고 말했다는데, 비록 희언戱言이지만 매우 해괴한 소리다."고

하니 정여립이 말하기를 "주인主人의 말씀이 틀렸다. 임제林悌의 말은
실로 확론이다. 왕후장상王侯將相이 따로 종자가 있단 말인가. 인생
천지 사이에 누군들 천자가 될 수 없겠나." 라 하였다 한다. (関人伯,《討逆
日記》) 이 사실은 민인백閔人伯 자신의 어전명초御前命招에서 나온 말이
다. 선생의 발언이 정여립鄭汝立에게 공명을 얻어 당시에 어전御前에서
까지 문제가 일어났던 것을 알 수 있다.

- **광해군 9년 정사丁巳(1617) 몰후 31년,《백호집白湖集》을 간행하다.**
  공의 종제인 석촌공石村公 서梋가 함양군수咸陽郡守로 있을 때 목판
  木板 4권卷 2책冊으로 인출印出한 것이다.
  "지금 오성상공鰲城相公이 한 질을 편찬해둔 바에 근거해서 나
  의 소견으로 그 빠진 것을 보충하여 불후不朽를 도모한다."(《백호집
  白湖集跋》)

  그 후 영조 35년(1759)에 석촌공石村公의 현손玄孫인 상원象元이 영광
  군수靈光郡守로 있을 때 옛 장판藏板의 결각缺刻을 보충해 다시 인출印
  出하였다.

  근래 후손들에 의해《백호집白湖集》이 두 차례에 걸쳐 간행되었다.
  앞서 활자본活字本 2책으로 출간된바, 그 연도는 알 수 없는데, 이 때
  비로소 〈원생몽유록元生夢遊錄〉이 부록附錄으로 들어갔다. 뒤에는 석
  인본石印本으로 1958년에 출판된 바 이 때 비로소《남명소승南溟小乘》

과 《화사花史》가 별책으로 들어가서 모두 3책이 되었다(十二代孫. 종필鍾弼
이 발행하고 발문을 썼다)

백호白湖 400주기周忌인 1987년 10월 임형택林熒澤 근찬謹撰; 1991년
6월에 수정 보충하고 1996년 9월에 다시 보충함.

— 이 연보는 《역주 백호 전집》(창작과비평사.1999)에 수록된 백호 선생
연보를 참고하여 전재한 것이다.